浙江文化研究工程成果文庫

浙江文獻集成

浙江文叢

錢霍集

〔清〕錢霍 著　劉沛 整理

浙江古籍出版社

圖書在版編目(CIP)數據

錢霍集 / (清) 錢霍著 ; 劉沛整理. -- 杭州 : 浙江古籍出版社, 2024. 7. --(浙江文叢). -- ISBN 978-7-5540-3052-3

Ⅰ. I214.92

中國國家版本館 CIP 數據核字第2024CF4331號

浙江文叢

錢霍集

(清)錢　霍 著　劉　沛 整理

出版發行　浙江古籍出版社

(杭州市環城北路 177 號　郵編:310006)

網　　址　https://zjgj.zjcbcm.com

責任編輯　周　密

文字編輯　曾　拓

封面設計　吴思璐

責任校對　吴穎胤

責任印務　樓浩凱

照　　排　浙江大千時代文化傳媒有限公司

印　　刷　浙江新華數碼印務有限公司

開　　本　710mm×1000mm　1/16

印　　張　21.75

插　　頁　2

字　　數　223 千

版　　次　2024 年 7 月第 1 版

印　　次　2024 年 7 月第 1 次印刷

書　　號　ISBN 978-7-5540-3052-3

定　　價　160.00 圓

ISBN 978-7-5540-3052-3

9 787554 030523 >

望舒樓詩集卷之一

山陰錢霍願學譔　男皆武訂
同學姚儀長文選

樂府

射烏辭

烏尾畢逋縱僕姑穿右膊陛下壽萬歲臣作執金吾

善哉行

西施頮面不棄米瀋桃李相代喜然以歡解一周公握髮
煩言緝翻維子之故我不能餐解二方舟齊檝逝如烏鳶
誰與作者公輸魯般解三蟣蠓雲飛乘彼喬山道殣在塗

浙江文化研究工程成果文庫總序

習近平

有人將文化比作一條來自老祖宗而又流向未來的河，這是説文化的傳統，通過縱向傳承和横向傳遞，生生不息地影響和引領着人們的生存與發展；有人説文化是人類的思想、智慧、信仰、情感和生活的載體、方式和方法，這是將文化作爲人們代代相傳的生活方式的整體。我們説，文化爲群體生活提供規範、方式與環境，文化通過傳承爲社會進步發揮基礎作用，文化會促進或制約經濟乃至整個社會的發展。文化的力量，已經深深熔鑄在民族的生命力、創造力和凝聚力之中。

在人類文化演化的進程中，各種文化都在其内部生成衆多的元素、層次與類型，由此決定了文化的多樣性與複雜性。

中國文化的博大精深，來源於其内部生成的多姿多彩；中國文化的歷久彌新，取決於其變遷過程中各種元素、層次、類型在内容和結構上通過碰撞、解構、融合而産生的革故鼎新的强大動力。

中國土地廣袤、疆域遼闊，不同區域間因自然環境、經濟環境、社會環境等諸多方面的差異，建構了不同的區域文化。區域文化如同百川歸海，共同匯聚成中國文化的大傳統，這種大傳統如同春風化雨，滲透於各種區域文化之中。在這個過程中，區域文化如同清溪山泉潺潺不息，在中國文化的共同價值取向下，以自己的獨特個性支撑着、引領着本地經濟社會的發展。

從區域文化入手，對一地文化的歷史與現狀展開全面、系統、扎實、有序的研究，一方面可以藉此梳理和弘揚當地的歷史傳統和文化資源，繁榮和豐富當代的先進文化建設活動，規劃和指導未來的文化發展藍圖，增强文化軟實力，爲全面建設小康社會、加快推進社會主義現代化提供思想保證、精神動力、智力支持和輿論力量；另一方面，這也是深入瞭解中國文化、研究中國文化、發展中國文化、創新中國文化的重要途徑之一。如今，區域文化研究日益受到各地重視，成爲我國文化研究走向深入的一個重要標誌。我們今天實施浙江文化研究工程，其目的和意義也在於此。

千百年來，浙江人民積澱和傳承了一個底蘊深厚的文化傳統。這種文化傳統的獨特性，正在於它令人驚歎的富於創造力的智慧和力量。

浙江文化中富於創造力的基因，早早地出現在其歷史的源頭。在浙江新石器時代最爲著名的跨湖橋、河姆渡、馬家浜和良渚的考古文化中，浙江先民們都以不同凡響的作爲，在中華民族的文明之源留下了創造和進步的印記。

浙江人民在與時俱進的歷史軌跡上一路走來，秉承富於創造力的文化傳統，這深深地融匯在一代代浙江人民的血液中，體現在浙江人民的行爲上，也在浙江歷史上衆多傑出人物身上得到充分展示。從大禹的因勢利導、敬業治水，到勾踐的卧薪嘗膽、勵精圖治；從錢氏的保境安民、納土歸宋，到胡則的爲官一任、造福一方；從岳飛、于謙的精忠報國、清白一生，到方孝孺、張蒼水的剛正不阿、以身殉國；從沈括的博學多識、精研深究，到竺可楨的科學救國、求是一生；無論是陳亮、葉適的經世致用，還是黄宗羲的工商皆本；無論是王充、王陽明的批判、自覺，還是龔自珍、蔡元培的開明、開放，等等，都展示了浙江深厚的文化底藴，凝聚了浙江人民求真務實的創造精神。

代代相傳的文化創造的作爲和精神，從觀念、態度、行爲方式和價值取向上，孕育、形成和發展了淵源有自的浙江地域文化傳統和與時俱進的浙江文化精神，她滋育着浙江的生命力、催生着浙江的凝聚力、激發着浙江的創造力、培植着浙江的競争力，激勵着浙江人民永不自滿、永不停息，在各個不同的歷史時期不斷地超越自我、創業奮進。

悠久深厚、意韻豐富的浙江文化傳統，是歷史賜予我們的寶貴財富，也是我們開拓未來的豐富資源和不竭動力。黨的十六大以來推進浙江新發展的實踐，使我們越來越深刻地認識到，與國家實施改革開放大政方針相伴隨的浙江經濟社會持續快速健康發展的深層原因，就在於浙江深厚的文化底藴和文化傳統與當今時代精神的有機結合，就在於發展先進生產力與發展先進文化的有機結合。今後一個時期浙江能否在全面建設小康社會、加快社會主義現代化建設進程中繼續走在前列，很大程度上取決於我們對文化力量的深刻認識、對發展先進文化的高度自覺和對加快建設文化大省的工作力度。我們應該看到，文化的力量最終可以轉化爲物質的力量，文化的軟實力最終可以轉化爲經濟的硬實力。文化要素是綜合競争力的核心要素，文化資源是經濟社會發展的重要資源，文化素質是領導者和勞動者的首要素質。因此，研究浙江文化的歷史與現狀，增强文化軟實力，爲浙江的現代化建設服務，是浙江人民的共同事業，也是浙江各級黨委、政府的重要使命和責任。

二〇〇五年七月召開的中共浙江省委十一届八次全會，作出《關於加快建設文化大省的決定》，提出要從增强先進文化凝聚力、解放和發展生産力、增强社會公共服務能力入手，大力實施文明素質工程、文化精品工程、文化研究工程、文化保護工程、文化産業促進工程、文化陣地工程、文化傳播工程、文化人才工程等『八項工程』，實施科教興國和人才强國戰略，加快建設教育、科技、衛生、體育等『四個强省』。作爲文化建設『八項工程』之一的文化研究工程，其任務就是系統研究浙江文化的歷史成就和當代發展，深入挖掘浙江文化底藴、研究浙江現象、總結浙江經驗、指導浙江未來的發展。

浙江文化研究工程將重點研究『今、古、人、文』四個方面，即圍繞浙江當代發展問題研究、浙江歷史文化專題研究、浙江名人研究、浙江歷史文獻整理四大板塊，開展系統研究，出版系列叢書。在研究内容上，深入挖掘浙江文化底藴，系統梳理和分析浙江歷史文化的内部結構、變化規律和地域特色，堅持和發展浙江精神；研究浙江文化與其他地域文化的異同，釐清浙江文化在中國文化中的地位和相互影響的關係；圍繞浙江生動的當代實踐，深入解讀浙江現象，總結浙江經驗，指導浙江發展。在研究力量上，通過課題組織、出版資助、重點研究基地建設、加强省内外大院名校合作、整合各地各部門力量等途徑，形成上下聯動、學界互動的整體合力。在成果運用上，注重研究成果的學術價值和應用價值，充分發揮其認識世界、傳承文明、創新理論、諮政育人、服務社會的重要作用。

我們希望通過實施浙江文化研究工程，努力用浙江歷史教育浙江人民、用浙江文化薰陶浙江人民、用浙江精神鼓舞浙江人民、用浙江經驗引領浙江人民，進一步激發浙江人民的無窮智慧和偉大創造能力，推動浙江實現又快又好發展。

今天，我們踏着來自歷史的河流，受着一方百姓的期許，理應負起使命，至誠奉獻，讓我們的文化綿延不絕，讓我們的創造生生不息。

二〇〇六年五月三十日於杭州

浙江文化研究工程成果文庫序言

易煉紅

國風浩蕩、文脈不絕，錢江潮涌、奔騰不息。浙江是中國古代文明的發祥地之一，是中國革命紅船啓航的地方。從萬年上山、五千年良渚到千年宋韻、百年紅船，歷史文化的風骨神韻、革命精神的剛健激越與現代文明的繁榮興盛，在這裏交相輝映、融爲一體，浙江成爲了揭示中華文明起源的『一把鑰匙』，展現偉大民族精神的『一方重鎮』。

習近平總書記在浙江工作期間作出『八八戰略』這一省域發展全面規劃和頂層設計，把加快建設文化大省作爲『八八戰略』的重要內容，親自推動實施文化建設『八項工程』，構築起了浙江文化建設的『四梁八柱』，推動浙江從文化大省向文化强省跨越發展，率先找到了一條放大人文優勢、推進省域現代化先行的科學路徑。習近平總書記還親自倡導設立『文化研究工程』並擔任指導委員會主任，親自定方向、出題目、提要求、作總序，彰顯了深沉的文化情懷和强烈的歷史擔當。這些年來，浙江始終牢記習近平總書記殷殷囑托，以守護『文獻大邦』、賡續文化根脈的高度自覺，持續推進浙江文化研究工程，接續描繪更加雄渾壯闊、精美絕倫的浙江文化畫卷。堅持激發精神動力，圍繞『今、古、人、文』四大板塊，系統梳理浙江歷史的傳承脈絡，挖掘浙江文化的深厚底蘊，研究浙江現象、總結浙江經驗、豐富浙江精神，實施『「八八戰略」理論與實踐研究』等專題，爲浙江幹在實處、走在前列、勇立潮頭提供源源不斷的價值引導力、文化凝聚力、精神推動力。堅持打造精品力作，目前一期、二期工程已經完結，三期工程正在進行中，出版學術著作超過一千七百部，推出了『中國歷代繪畫大系』等一大批有重大影響的成果，持續擦亮陽明文化、和合文化、宋韻文化等金名片，豐富了中華文化寶庫。堅持礪煉精兵强將，鍛造了一支老中青梯次配備、傳承有序、學養深厚的哲學社會科學人才隊伍，培養了一批高水平學科帶頭人，爲擦亮新時代浙江學術品牌提供了堅實智力人才支撑。

文化是民族的靈魂，是維繫國家統一和民族團結的精神紐帶，是民族生命力、創造力和凝聚力的集中體現。在以中國式現代化全面推進强國建設、民族復興偉業的新征程上，習近平文化思想在堅持『兩個結合』中，以『體用貫通、明體達用』的鮮明特質，茹古涵今明大道、博大精深言大義、萃菁取華集大成，鮮明提出我們黨在新時代新的文化使命，推動中華文脈綿延繁盛、中華文明歷久彌新，推動全黨全國各族人民文化自信明顯增强、精神面貌更加奮發昂揚。特别是今年九月，習近平總書記親臨浙江考察，賦予我們『中國式現代化的先行者』的新定位和『奮力譜寫中國式現代化浙江新篇章』的新使命，提出『在建設中華民族現代文明上積極探索』的重要要求，進一步明確了浙江文化建設的時代方位和發展定位。

文明薪火在我們手中傳承，自信力量在我們心中升騰。縱深推進文化研究工程，持續打造一批反映時代特徵、體現浙江特色的精品佳作和扛鼎力作，是浙江學習貫徹習近平文化思想和習近平總書記考察浙江重要講話精神的題中之義，也是浙江一張藍圖繪到底、積極探索闖新路、守正創新强擔當的具體行動。我們將在加快建設高水平文化强省、奮力打造新時代文化高地中，以文化研究工程爲牽引抓手，深耕浙江文化沃土、厚植浙江創新活力，爲創造屬於我們這個時代的新文化貢獻浙江力量。要在循迹溯源中打造鑄魂工程，充分發揮習近平新時代中國特色社會主義思想重要萌發地的資源優勢，深入研究闡釋『八八戰略』的理論意義、實踐意義和時代價值，助力夯實堅定擁護『兩個確立』、堅決做到『兩個維護』的思想根基。要在賡續厚積中打造傳世工程，深入系統梳理浙江文脈的歷史淵源、發展脈絡和基本走向，扎實做好保護傳承利用工作，持續推動優秀傳統文化創造性轉化、創新性發展，讓悠久深厚的文化傳統、源頭活水暢流於當代浙江文化建設實踐。要在開放融通中打造品牌工程，進一步凝煉提升『浙學』品牌，放大杭州亞運會亞殘運會、世界互聯網大會烏鎮峰會、良渚論壇等溢出效應，以更有影響力感染力傳播力的文化標識，展示『詩畫江南、活力浙江』的獨特韻味和萬千氣象。要在引領風尚中打造育德工程，秉持浙江文化精神中藴含的澄懷觀道、現實關切的審美情操，加快培育現代文明素養，讓陽光的、美好的、高尚的思想和行爲在浙江大地化風成俗、蔚然成風。

我們堅信，文化研究工程的縱深推進，必將更好傳承悠久深厚、意藴豐富的浙江文化傳統，進一步弘揚特色鮮明、與時俱進的浙江文化精神，不斷滋育浙江的生命力、催生浙江的凝聚力、激發浙江的創造力、培植浙江的競争力，真正讓文化成爲中國式現代化浙江新篇章中最富魅力、最吸引人、最具辨識度的閃亮標識，在鑄就社會主義文化新輝煌中展現浙江擔當，爲建設中華民族現代文明作出浙江貢獻！

——

二〇二三年十二月

前言

錢霍，字去病，一字無恙，山陰人，號荆山。生卒年不詳。雍正浙江通志卷一百八十引紹興府志謂：「字去病，會稽人，上虞籍，爲諸生，貢太學，精舉子業，然不好，獨好爲詩。其詩自闢阡陌，勁出横貫，不假雕飾而姿態横生。性豪，喜談，酒酣興至，音吐如洪鐘，目閃閃有光，驚起坐客。性狷介，恥以詩文干士大夫。嘗遊京師，故人居華要者不投一剌。詹事沈荃獨嚴重之，曰：『今之謫仙也。』鄉人姚儀好霍詩，爲梓其集。」可見錢霍生平大略。全祖望鮚埼亭集外編卷四十四奉萬西郭問魏白衣息賢堂集書略記其事：「是時與白衣最善者，始寧錢霍，當世所稱『魏錢』者也。其集僕曾見之，古詩亦摹太白，顧近體頗不佳。爲人風概彷佛白衣，其後以事相繼死。」所謂「事」，即清初「通海案」，魏畊、錢纘曾皆因之被殺，史有名文，錢霍則他書未見有凶死記載。鮚埼亭集卷八雪竇山人墳版文又謂魏畊『乃與歸安錢纘曾居苕谿，閉户爲詩，酷嗜李供奉』，李供奉即李白，則錢或指錢纘曾，作錢霍似誤。或全祖望得閲錢霍别集，覺其詩歌風格與魏畊相似，因有此誤。

錢霍詩集，今存望舒樓詩十卷（浙江通志作八卷），前有華亭沈荃、山陰朱伯虎二序。山陰朱伯虎，即朱士稚，字伯虎，山陰人，近人郭則澐十朝詩乘卷二祁忠惠子結客圖復明謂魏畊、錢霍、朱士稚等人爲莫逆交，是文稱錢霍字允武，允武實爲錢纘曾字。錢纘曾、錢霍，每致訛混如此。望舒樓詩中詩歌體式，包含樂府、四言古、五言古、七言古、五言絶句、七言絶句、五言律、七言律、五言排律等。末附望舒樓文，收録辭賦六篇。錢霍及其詩歌在當時和後世都有較高的知名度。朱彝尊曝書亭集卷四有越江詞詩，後附錢霍題越江詞後；同卷又有土城山和錢大詩，後附錢霍「原作」一首，即錢氏集中卷六之過西施山；同卷又有送錢六霍朱大士曾同遊白下詩；朱錢交遊可見一斑。舒位瓶水齋詩話録錢霍長門怨一首，評價錢霍詩總體風格爲「避俗超新」，稱其送遠詩「始覺『馬後桃花馬前雪』，猶是『春風不度玉門關』舊話也」。全浙詩話卷四十三「錢霍」條又稱「荆山思致避熟超新，故吐屬輒未經人道」。可窺錢霍詩風之大概。此外，詩觀二集、檇李詩繫、兩浙輶軒録等書對其作品亦有收録。

錢霍又有望舒樓古詩選，爲其編次批點之書，係未刊稿，僅存抄本。該書所選詩歌，起於陳琳飲馬長城窟行，訖於三秦記民謡。錢霍所選之古詩，内容較爲單薄，且多與古詩紀合，疑非全帙。在詩歌評點時，錢霍有引鍾伯敬（鍾惺）語，可見竟陵派對其詩論的影響。

本書在整理時，以國家圖書館藏康熙刻本望舒樓詩集文集、復旦大學圖書館藏清抄本望舒樓古詩選爲底本。紹興圖書館藏有近代人錢蔭喬輯荆山殘集稿本一種，乃錢霍詩作輯本，因錢蔭喬未見望舒樓集刻本，故此輯本與刻本多有重複，今此次整理，取此稿本作爲校本，其目録及所附書札則收入附録。

此次整理時，蒙復旦大學出版社胡春麗編審惠賜資料，謹申謝忱。

劉　沛

二〇二四年六月於青島

目録

望舒樓詩集卷之四

望舒樓詩集卷之五 ……（六四）

望舒樓詩集卷之六

望舒樓詩集卷之七……（九〇）

望舒樓詩集卷之九……（一四四）

望舒樓古詩選

望舒樓詩集

望舒樓詩集序

天下士，若錢子去病，予所不得而知也。其入長安，雖總丱交，貴居朝列，不肯投一刺，而獨與予周旋，久而彌篤，此殆不可曉也。其賦性忠質無文，別善惡不啻黑白，顧口絕雌黄，故姜子武孫曰：「去病，吾黨之阮嗣宗也。」其所著詩文如其人，酒餘思涌，口號筆寫，粗服亂頭，不假瑚飾，而天姿卓犖，寄興遥深，雖無片言及于世務，而知之者會心自遠。卜子夏所云「言之者無罪，聞之者足以戒」，去病近之矣。予郡董閬石蒼水、張洮侯、盧文子、陸駕茵兄弟暨釋筠士、家雪峯同爲方外遊；葆翁舍人，其鴈行也；越江翰林，其小阮也；皆敬愛而樂道之。去病又爲予言：「予至華亭，以未見沈白爲憾，其詩直繼王摩詰矣。」然天下無論與去疾交與否，而見去病之詩，皆見去病矣。康熙壬戌二月之望，華亭沈荃序。

錢荆山望舒樓詩序

山陰朱伯虎譔

凡物皆可以人力得，而詩詞獨有天分，不可强也。若予爲詩最久，事之甚力，自幼及壯，窮日夜之力，幾三十年，似乎人之爲詩，莫予若者。然百里之内，年少於予，作詩後予，而又間以他技，雜以文史，第出餘力焉爲之而遂絶塵而上，風度焯然，如錢子去病者，視予之作，煩苦拘忌，當何如也？故予嘗欲舍此不爲，而習性已成，不能脱去。顧去病殊，才力横絶，開口逸羣，純以興會，至踈豁爲境，高俊爲調，錯綜爲綵，跌宕爲韻，是數十年力學之所不能得者，而去病以脱手得之，異哉！嘗見人，或驕以所長，去病閉目以思，即知其所以來而盡其精妙，如草書、顧曲、六書，亦未嘗見其用力，而當前劇談，若素所習，令人駭絶。吾昨自白下歸，與去病里巷相接，飲酒賦詩無休晷。一日，招予蕩舟賀監湖頭，去病著紫綺裘，弄桓伊之笛，誦大人之賦，望月出於東嶺，溯流波於西澨。清光下徹，酹酒湖中，狂吟而起曰：「今日令賀監在，當不至河漢也。」其縱誕若此，故老生宿儒避之不敢見，而去病亦日與賢績、孟雄及吾家仲軼遊於酒人。然去病飲不過四五合，而投瓊呼盧，層見疊出，糾人之過，穿淵入妙，困人以所不能，故四座目炫心駭，應接不暇，而去病方雍容抵掌，談笑以盡其變，故予及家弟晋叔遇之，往往爲其所困，亦拱手不敢與之争。其家甚貧，而衣被飲食擬於名豪，見人急難，欲以身任之，故竟不知其家無一錢也。意豪氣雄，初擬少陵，然粗服亂頭，衝口超逸，則絶似李白。予嘗私語范季友，而去病聞之大叫，以爲得其深要。去病天下才，當與天下共推之，而何藉於予言也？

望舒樓詩集卷之一

山陰錢霍顧學譔　男皆、武校
同學姚儀長文選

樂府

射烏辭

烏尾畢逋，縱僕姑，穿右髃。陛下壽萬歲，臣作執金吾。

善哉行

西施靧面，不棄米潘。桃李相代，喜然以歡。一解。周公握髮，煩言緝翻。維子之故，我不能餐。二解。方舟齊檝，逝如烏鳶。誰與作者？公輸魯般。三解。蟣蠓雲飛，乘彼喬山。道殣在塗，能無永歎？四解。騶斯一鶴，嗾彼兩丸。重華相見，於天之門。五解。古之彥聖，翬於未然。一螘潰河，穴觸多端。六解。許繇翩翩，逃禪不難。逆旅疑之，盜其皮冠。七解。

烏夜啼二首

北風淅歷捲枯桑，玉階落月天雨霜。錦衾夜半霜淒淒，烏鴉啼過天雞啼。孀居征婦年多少，獨聽啼聲至天曉。

征夫萬里戍交河，倡婦城南思夢多。玉缾墮井青絲絶，夢中宛轉牽衣別。數聲高唱汝南雞，泣下流黄烏夜啼。

金縷衣

北風十月露爲霜，佳人永夜處空房。一聲鴈過帷屏冷，不覺帶墜寬衣裳。十五蛾眉絶代稀，繡作鴛鴦金縷衣。愛惜長令顔色新，空箱疊罷覆紅巾。至今三十猶未著，褶斷鴛鴦生素塵。豈無五馬桑間客，不是齊眉傾國人。

行路難

織女絲緒多，黄姑脉脉阻天河。長信一爲別，破鏡青銅生白雪。一起再三歎，廣舒皓腕氣若蘭。心念舊恩豈怨誹，感君當年采葑菲。

當日與君始相遇，結帶同心桂花樹。便許宴爾終百年，滅燭延歡忘恐懼。豈謂三更開門去，自此一動如脱兔。願言采蕨以望君，旦旦登山成白路。人心不實草木衰，當日相逢桂花蠹。

謂爾今心改，匼匝金鋪夜相待。謂爾改今心，玉繩盼絶愁藁碪。謂爾心不改，問君不答垂三載。謂爾不改心，蓮花簪往無來音。君心好惡難定知，使我宛轉生狐疑。謂爾偕我心不悉，青者皇天白者日。

舍南一樹何青青，交枝連理冬歲榮。纏緜無復女蘿意，相傳正直保千齡。與君結歡我所虞，搔首踟躕態有餘。願作依光形與影，一日不見三寄書。果然棄我在中道，使我離憂坐成老。

南方佳人顏如玉，前歲之前年十六。既聞結束處君房，又聞流輝照人目。一心區區徒爲爾，願爲雙燕巢金屋。城隅月出春江空，夜上高樓理清曲。借問此曲造者誰？行人過者皆躑躅。不彈比翼之文鴛，都作孤飛之别鵠。

可思不可恃，千古同咨嗟。不見昔時五官將，鹵獲妃女明朝霞。珍之過於玉，翫之勝於花。秋風一起摧蘭蕙，蒲塘之怨流漳河。世人好色今尚爾，兄弟之恩豈足多。欷歔還我東阿親，卞后之言愁殺人。

纂纂之棗蔭路傍，打棗女兒倚晨妝。何須問女顏色好，但聞繚紹蘇合都梁香。有客西來跨紫騮，手持白羽插馬頭，頭上金翅銀兜鍪。問客來何之？今年軍書征調發凉州。又言我曾與君夫，寒冬同宿氊穹廬。何須問君夫壻奇？射殺白虎千人知。朝拜名王出大宛，夜酤酥酪飲吴姬。吴姬十五輕風雪，能使邊人心斷絶。琵琶坐壓紅錦韡，弦聲隴水相嗚咽。才氣如之不易攀，當可明年衣錦還。

有何比松柏？新者如飴故者薄。歷亂誰能治？新絲盈筐故絲棄。今年蠶績繅作絲，一上流黄有故時。莫言容好不如前，猶勝桑中秦女顔。蛾眉秋月分雙鬟，髤髮春雲被兩肩。貞心竊比金石堅，提籠不許使君憐。爲君緘恨且吞聲，恐君不忘向來情。

冰合汶川渡，到底堅如金石固。蟄蟲啓户桃始葉，綏綏雄狐不敢涉。自此泮散湝湝流，東至於海不轉頭。人生會散豈異時，昨夜玄蟬朝素絲。

三年幽恨誰能飲，六月芙蕖開似錦。折取熒熒妝鏡前，未若妾顔華豔甚。翦弦一斷在紅樓，蠅飛薨薨煽孤寢。要識懷君不蹔忘，苔蕪緑在相思枕。

大梁安陵繁華子，卷絲且對前魚泣。信君總有尾生心，市虎之讒謀緝緝。東園旅葵傾太陽，微霜下零委原隰。錦幃四角一角垂，嘒彼三星闚牖入。

羽林紫燕跨妖嬈，漢帝黄金貯阿嬌。翠衾孔蓋葆羽褘，衆莫知予之所爲。君憐忘過時，君恩無絶期，妾有過失君當治。當年同夢未央宫，今時遥聽未央鐘。玉卮風過花如雨，夜夜尋思錦帳語。

何獨切人之爲患，苑蒻之上生汍瀾。衛君誅罰矯君車，即是孝哉彌子瑕。制書一下宫門閉，文叔恩移陰麗華。我欲爲君竟此曲，此曲無音聲續續。風雲變態豈在多，翟公之門雀可羅。

栝樓未死瓜蔓枯，貴賤榮落保須臾。晋國先興下宫難，山中誰留趙氏孤？有心不肯報主人，何用要懸雙鹿盧？夷吾隆周翦孤竹，中夜撫膺思鮑叔。

青山窈窕開青蓮，小語碧紗人未眠。姮娥拂鏡月將圓，欲上松間散紫烟。佳人坐月獨無言，祇拭紅巾流淚泉。白璧黄金何足惜，宛轉沉唫惜盛年。盛年容易改，玉鏡無光彩。我拌一世待狂夫，誰道容顔不相待？開我鬱金堂，坐我玳瑁牀。然我博山爐，燒我沉水香。鴈書不至君心變，且與氛氳消夜長。鴛鴦同枕睡，中夜變爲狼。雨露天上落，到地變爲霜。日出明霜還作露，君心一變永相望。

秦女卷衣

嬋娟良家女，風來肌體香。顔色如花看不定，朱脣宜笑流秋霜。除却青銅明鏡裏，衆女無可比輝光。紫宫雖妒娥眉好，秦帝唯憐紅粉妝。月明歌舞散，爲他卷衣裳。

君馬黄

君馬黄，臣馬白。玉鞚紫絲韁，驕嘶並入長安陌。天子居未央，選騎遊長楊。飛龍比毛莫問色，白者不如黄。願借君馬我乘之，君有馬，臣所知。馬無角，鼠有皮。千金市義君自取，莫問幽燕輕薄兒。

巫山高

巫山高，高入雲。上有幼眇嬋娟之好女，當年於此媚襄君。襄君一去我心哀，如何不歸君還來。加以女蘿衣，帶以芙蓉結，獨立深山弄明月。玉顔娥娥歲將晏，我處雲中君不見。風落木而吹聲，霰雪紛其下零。又無朝陽出，日兮照心明。雨鬢風鬟善窈窕，我獨慕子容色少。翩翩雙龍飛，思得美子永爲妃。盼君日暮君來遲，行雨行雲何定期。君能重眷巫山妾，冉冉來相接。

長門怨

十度漢宮秋，不曾聞促織。一朝入長門，蟲聲始唧唧。盛年羞别離，掩面空悲嚎。静夜疑妾心，傾耳聽車音。春殿昭陽歌舞空，玉階白露起秋風。還把鏡中顔自看，阿嬌仍是少時紅。

大鳥向南飛

大鳥向南飛，下來候風色。路遇希有鳥，悲鳴勗努力。感君造次傾心肝，斂翅垂頭淚沾臆。希有產瑶池中，大鳥巢扶桑東。何必同林接翼相追從？遨遊南山麓，山邊有古木。老鴟一對飛來宿。聚合會有時，貴賤各有隨。大鳥鯤所化，孤雄獨無雌。感此三夜淚淋浪，化作明珠盈一筐。希有對之神慘傷，許作蹇修求專房。知汝貞真世所少，不比鳴鳩性佻巧。斂珠一一付希有，去聘美人同白首。

望舒樓詩集卷之二

山陰錢霍願學譔　男皆、武校
同學姚儀長文選

四言古

戒姪詩并示子皆及武

昔偕汝父，總角受書。若自口出，恒星豔珠。子奇項槖，鄉黨用譽。少不再來，歲月其除。亦既抱子，如愚不愚。中原有菽，式穀在余。而及於汝，千里之駒。爾長不啻，四尺之軀。視姪猶子，曰同根株。名汝曰乘，字汝得輿。嘉名之錫，厥義何居？任重行遠，邁於九區。民所載也，其可忽諸？爾之戒之，稱名得輿。爾之不戒，無乃剥廬。小子念哉，汝紳宜書。以示皆武，殆亦無殊。

與友人書

不遭斧斤，不材之木。至人之道，出險乃篤。息交絶遊，遠名近福。緘聰去明，以存耳目。

用吾之短，盡人之長。盧扁所貴，折肱爲良。安卑辭高，守廉不饕。忠信篤敬，涉於波濤。循牆處謙，委心從俗。清静之門，可以寡辱。洿泥之塗，可以樹粟。貞珉之璞，可以全玉。羸人戒塗，憚彼僕僕。厥匪五金，以市韭肉。倚伏自然，七日來復。

朱五溪老伯七十歲其子士曾授霍製詩爲壽

年歲之邁，逝不可追。德音之茂，曷其瘁而？彭鏗雖壽，猶有竟時。匪躬焉保，匪德焉求？叶其。哲人有作，伯氏以之。善不貴名，信豈尚口？孰薄於人，而躬克厚？人皆痯痯，公其閒閒。天地雖一，齊之則難。人得其隘，公得其寬。既刈干穆，亦謝抱關。鹿鳴則食，鶴倦而還。鴟夷功成，浮於五湖。事過而悔，爲何沼吴？食德者秀，食言者肥。肥其有幾？豈曰非愚？公亦有言，榮之爲枯。榮枯不伐，孔淑秀眉。所謂伊人，蓮河之湄。嗚條翽翽，園禽喈喈。叶雞。以聽以眄，無有後菑。叶賫。公有桑田，自我人列之。公有左肱，公手刀割之。有皙者刀，有赤者衁。割之伊何？病母是嘗。再世克紹，有如藥方。泰皇庚庚，有昊不爽。三世其孝，十世其昌。霜降作詩，皎如明霜。遺諸良朋，以佐一觴。

我居五章懷友

我居空谷，依于草木。中心瘼矣，念生之無禄。

有飄者風，吹彼良苗。我思伊人，道里則遥。

鳴蟲在野，翰飛在林。爰入我室，薄撫我衾。

衡宇翹翹，卉木驕驕。有懷君子，莫肯來教。

有姪有甥，令色孔昭。言居言笑，以樂今宵。

中田青兮，火熒熒兮，風雨冥兮。乃如之人，瑕寫我情兮？

望舒樓詩集卷之三

山陰錢霍荆山譔　男皆、晛校
同學姚儀長文選

五言古

登沐日樓雨中望禹陵

登樓千萬山，一山千萬樹。靄霸幂林川，竹樹交春雨。送目何蒼蒼，夏后幸要荒。龍歸穿禹穴，護寢園陵傍。苗山與宫雉，丹碧正相望。悠悠麥秀歌，豪傑相代亡。乘時皆有作，誰與固金湯？千古結心期，望帝鳴山塘。常恐鬼神至，風雨飛梅梁。

寓目感懷

宵中雨聲過，晨興見微霜。半規吐山日，宿霧浩茫茫。中囿有靈鳥，養子在梅桑。朝陽刷羽翰，暎日生奇光。何言琅玕林，鴟鴞忽來翔。珍禽皆脅息，衆雛亦傍徨。探囊有赤丸，角弓鳴珠房。離弦未及展，鴟鴞亦已亡。豈在恩環報，獨令仁者傷。

懷駱子三首

豈曰無良友？之子獨有心。蕭瑟至毋言，一往情以深。特達游篇翰，會意陳古今。茹剛而吐柔，實惟王國琛。

今兹入空山，逍遥養六翮。弋獵及詩書，采和飲桐柏。樵牧方滯淫，麏麖爲三益。啓户望幽人，浩然霜露白。

昨日山有信，遺我果盈筐。初三或下九，會晤良可望。伏枕盼佳日，猗靡視景光。不獨寒夜永，而怨冬日長。

送姜君會試

白璧售三獻，其價重連城。卞生時既利，荆王眼亦明。孤鳳昔未翔，光容驚碧落。豈鮮五文章，江皋唼蘭若。噫氣一朝興，乘雲適寥廓。送子折瑶華，相期在芸閣。奏賦動天顔，經綸爲時作。勿言行邁遠，兹役乃登仙。前路拜行衣，皆問孝廉船。清切金罍酒，逶遲玉指弦。去矣秋風生，雲山方浩然。

答宋君見贈

昔予尚其真，冥心寄古人。北海有清風，尊中酒不空。柴桑有奇好，尊中酒不燥。隸也師二公，不燥亦不空。醉鄉與睡鄉，塗巷永相望。中無俗人往，宫室詄蕩蕩。出入二鄉裹，自名二鄉子。

誰復曉其然，不知樂時樂。路遇一少年，道我遊京洛。京洛多貴遊，四牡何蹻蹻。璇户鎖笙竽，高樓縱六博。不才爾何爲？猶可供輕薄。故人殊善忘，如風之吹籜。

素衣日以緇，膠漆日以離。夙昔盛文貌，今也則替之。彼美復何人？邂逅如篤親。要之入其室，話言良可珍。令德有何貴？貴之重千鈞。聲利詎乃輕？輕之等微塵。

衣服可被身，何論絲與布？結交有其神，何論新與故？目成在須臾，叩叩勞衷素。進前問所歡，黄虞日流緬。再進問其居，不遠伊同縣。同心而同縣，何爲不相見？先民亦有言，一日爲千秋。顛髮况未變，前路廣且修。願言各努力，肥馬衣輕裘。

寄徐氏父子

江上題素書，濡墨眼中淚。一水淺如杯，能使與君異？夙昔情相歡，不離一步地。一書十呵冰，書成輒短氣。願君懷袖中，且勿使之敝。苞以宣州麻，貴其長堅緻。當君思我時，避人一開視。書字雖不明，字字有深意。

祁居士一上人同在寓山詩以訊之

嶧陽有孤桐，徽之用黄金。梅里産嘉實，可以陶我心。判袂豈脩畛，結廬亦山陰。物役輈張之，誰謂河廣深？晤語日以富，意篤俱未伸。東望阻西笑，情來滿虚庭。青青菰蘆中，豈獨鮮俊民。不如子也美，既美而且仁。亦有五嶺秀，涉江浮虚舟。登覽小嵩少，因之蓬壺游。智珠出南海，光明麗中州。一紆塵外軫，豈惟冠緇流。與爾玉山岑，尋真獵奇賞。桃蟲飛不高，雙鵠成獨往。谿壑靈籟生，空中答漁響。林趾藝三秀，坐見琅玕長。伊予違此樂，引脰心悁悁。頤性慙昔悦，牽絲愧今賢。索處而獨旦，及斯之盛年。何以釋勞吝，佇報瓊玖言。

詠　遇

麻姑垂長袖，纖纖出指爪。卉木淒以風，階下長芝草。千載不梳頭，玉顔何皎皎。若非王方平，誰見容光好？

首冬寒風至，嚴霜被阡陌。朝作金閨人，夕爲黄壚客。明月落海中，拾之不可得。縣圃有仙人，飛來下廣宅。指爪尺餘長，鬈髮可七尺。年如十四五，的爍好顔色。

有客過我言，言有垂死翁。此翁昔繁盛，爲樂無有窮。千金買少妾，灼爍荷花紅。一朝肉不暖，哭泣滿庭中。我行過其庭，傾耳聽哭聲。其母哭之慟，其妾無哀情。丈夫憐幼艾，好女悦後生。誰能久獨宿，以博後世名。

亦有下帷子，文史腹内羸。年甫三四十，龍鍾比頽齡。借問爾何爲？言未出諸齒。傍人代之言，是娶三妻矣。三娶人如玉，黽勉不獨宿。越女若秋霜，美男同春柳。一身事三妻，誰能無老醜？

若耶谿上女，白皙天下稀。小妹從伯姊，夜夜弄鳴機。空室風凄緊，霜寒火不肥。握冰不龜手，光澤凝寒脂。君王選玉色，往往相與違。惟有當牕月，照見妾容輝。姊織錦繡段，妹經五色絲。邨家衣草木，此物無所施。織成貯筐篚，豐歲常朝飢。天孫倘見采，被服乃相宜。

仙人天上落，瞑坐觀古今。白玉爲之面，鬒美若黄金。毛褐長蟣蝨，呼石爲白羊。飄飄垂環佩，風過聞天香。世不見此人，此人見世間。拂衣一長嘯，去之金華山。

二日不鑿冰，六月蟲與蠅。春夏不織素，十月寒無袴。門户用有持，嫁娶當及時。不見鄰人家，叶姑。三女同嫁夫。三星何皎皎，三女何嬝嬝。東鄰有嬌女，五嫁移所天。南鄰女嫁夫，于思被兩肩。北鄰有嬌女，爰適彼姣童。北女媚姣童，悦澤如春風。婉孌彼姝子，自字爲子都。道逢黄金客，攜手入酒壚。奪飲一巵酒，調美罟狂且。歡愛情莫違，黛如水中魚。畫眉不用墨，脂黛常費多。過市揚廣袖，芳香出綺羅。二十雖未小，三十尚未老。歸來果盈車，時人皆言好。

仙人不食穀，當餐朝日暉。面如赤玉色，芰荷爲之衣。五指弄素琴，不把粗與犂。賣藥長安市，時人知者稀。一逢王子喬，何時復來歸？

在外嘗月餘，一歸道南宅。妻子譏我歸，稱我爲嘉客。雲端有飛鴻，邕邕飛且鳴。貴賤有瑟琴，草木有合并。我獨愧此鳥，不諳家室情。俛仰不能言，一笑絶冠纓。

我行廣路衢，道逢方外士。從者一何多，如彼服孔子。翱翔游四術，醉飽毋常家。口輕南面王，插髮陶潛花。鳳凰久不至，麒麟亦以遐。朋友多反覆，射影口含沙。我亦從此逝，浮海餐朝霞。

鳳凰備五章，所食琅玕竹。儉歲無豐田，竹花不結實。叶蜀。悠悠苦長飢，去食場中粟。困辱遭譏訶，雞雛瞋其目。終然凌丘壑，苞綵爛星雲。錦翼負朝陽，照映天地春。引頸鳴崑丘，飛聲落西秦。一鳴黄河清，再鳴生聖人。三鳴泰階平，玉天會衆賓。持謝藩籬鷃，公等何足嗔。

日出啓牕牖，偪俛興喟然。借問歎何事，登樓見徂川。建業固有時，齒髮常不堅。東里有嗇夫，秉耒適古阡。僂行若蘧篨，宛轉不得前。君宜敬此子，伊昔新少年。

我行見黃雀，食此中田麥。一銜雙玉環，去報主人德。如何同門友，夙昔與我親。堅固如膠漆，竊比雷與陳。一朝在患難，我作無事人。念之心内愧，中夜不遑寐。

昔有東方生，執戟於漢庭。日食一囊粟，摇目如電星。不知天子貴，焉有公侯卿？笑侮郭舍人，口竇聱聱聲。燕婉事細君，割肉揚芳名。小遺金殿上，細事何足稱？時人怒螳臂，攘袂與之争。

蜉蝣美且都，見日不見月。白日飛景光，瀌瀌晛流雪。彼人一何愚，篩土築叢臺。土築未及乾，他人或以哀。炫曜能幾時，不及草内螢。高臺既以傾，曲池亦以平。猿狖登其臺，迎風吹長聲。

彼美南郭子，蚤歲舉孝廉。惜哉時不利，白龍乃泥潛。野居食草木，盤無水晶鹽。身隱口不文，諧語羣絶倒。時登沈九堂，此外跡如埽。詩用瘦勝肥，清言一何皎。

屈也歲星人，而性好旨酒。千錢與酒家，獨飲必一斗。醉稱知己稀，説予不絶口。作詩不爲名，滔滔雅信手。三遷輒近市，委巷栽五柳。臺隸與俳優，盡是公榮友。山水不可無，人事不必有。雖有知言者，誰能易陳叟？

吴越萬重山，蓬萊山秀絶。天公撫頂門，玉女梳緑髮。然後降金生，邪谿弄明月。蘭性豈不馨？劍氣誰能折？才華衆所譏，惜哉非蹇劣。魚目笑明珠，精光乃不滅。

王逋不買山，挈室江之裔。温温君子人，有口且多藝。棊卜琴酒醫，勞形亦其累。混俗俗不憐，半世狐裘敝。讀書不避差，所以見新意。

吕生鳳之雛，今亦鎩其翼。棲棲城北隅，日争雞鶩食。發齒歌令言，習習如春風。若無杜陵蔣，當代稀知音。患予性至清，愛珠及其匱。展禽勝伯夷，以此來相勗。

絶代繁華子，千金買毳裘。百金裝細馬，十金羅珍羞。吴姬馬首馱，挾彈出長楸。仰射落飛鳶，俯手接猱猴。日暮歸穹廬，廣坐調箜篌。美酒行服匿，飛觥樂千秋。但笑夷齊愚，饑餓西山頭。

眇眇盼前期，美人來何遲。以風亦以雨，我意君知之。何處君思予，葉下瀟湘渚。何處我望子，潮落錢塘水。潮水不西逝，瀟湘不東至。一朝分東西，兩水自此異。白雲爲之愁，在上空悠悠。

涉　江

江中浪如山，江上山如浪。白雪山上多，飛落蘆花蕩。歌笑發中流，三老何悲壯。短舟三尺强，白浪高一丈。去去勿復道，慎弗悲輕離。安居與别苦，自古不能齊。

道　中

舟行視陵陸，如在岸上行。百草風霜後，不死復不生。前舟方邪許，後舟還斧冰。雲端有孤鴈，哀鳴三四聲。寄語行役子，遠去難爲情。

淮陽憚暑作

莊舄爲吴吟，至老思念越。豈唯音信短，天涯之契闊。熒惑煽炎方，百草有脱節。莫浚非其泉，汲水智井渴。此身爲吴牛，焉得不喘月？何時美人來，永號達明發。

九日懷徐子

乘醉登高臺，獨向千古笑。賢文空汗牛，何人適同調？應劉託青雲，潘陸席聲利。苟然落泥塗，縮朒無生氣。徐子運大斧，揮斥其斯文。宿老出下里，十載籍爲門。一揮埽輕薄，二揮剷纖妍。標榜非孫陽，天馬邈以前。苟非神龍精，誰當得比肩？芝草既無根，醴泉亦無源。

範季友豫章歸甫一月便致書彼中戴初赤封識已謂霍書無他語惟曰會之言子於去病也猶前之於子之言去病也聽其言歎息感動復以詩代書寄初赤

我心懷明月，皎皎雲之端。結交不在邇，松柏固歲寒。蔓草彌道周，莽莽非所觀。我心懷南州，南風進船難。有客之匡廬，范子送短書。緘罷見我言，書中竟無餘。但言采藥還，見臣言戴君。一如在君前，而道賤子云。蘭茝同株根，鸞鳳鳴其羣。雨雪同波流，劃之終不分。思君不得見，願君爲明月。夜上青天飛，飛來下吴越。

答姜行先見懷詩一首

昔我遠行役，行至黄淮湄。道逢劉安語，未得言旋歸。東南飛羽檄，樓艦横江來。京口萬家室，胡獨離其菑？昔有城與郭，今爲炭與灰。我經由此塗，惻悵淚沾軾。拾炭煮作糜，淚下不能食。有客造我廬，問我歸何遲。甫用及叩慰，出褎贈新詩。再拜誦新詩，誦已封識之。此詩易有盡，此心無絕時。盛以琅環笈，蓋用蒲萄錦。衛人歌木瓜，未若此爲甚。

苦寒作

海水寒無潮，公子寒無袍。霰雪零霏霏，林柯無榮條。不見雲間翼，黄鶴飛不高。不高飛來下，再三顧我號。昔與鸞同棲，今與鳩争宿。昔噬靈蛇珠，今思雞鶩粟。誰能食我粟，報以雙環玉。

贈姜奉世

姜子出東萊，流寓山塘下。高人客是家，水國船爲馬。禮數殊不多，風物何都雅。縱横論古今，浩然送杯斝。古之淡蕩人，盡是無文者。偃蹇作吴音，留客不能捨。浹日以爲期，同赴遠公社。

詠史二首

嬴男良獨偉，當時稱虎狼。獵徒環六國，裦手不敢傷。酒人曰慶卿，入關刺秦王。氣高非劍術，驅政同驅羊。微生匄夏醫，英雄窺其傍。其志雖不成，咸陽自此亡。

驪山功未息，項羽入咸陽。坏土葬秦卒，一炬灰阿房。威行鉅鹿下，失計分侯王。敵多力不接，於此見興亡。惜哉人中龍，智短而仁長。妄馬不忍割，鴻門何能傷？

遊五泄

天亦愛我遊，五日假晴旭。搖蕩金光明，羣峯動如燭。嵐翠著衣裾，水與人皆緑。中有美人峯，秀色落雲中。美人頭上髻，青烟裊幾重。悠然見五泄，如與故人逢。故人殊不俗，淙淙瀉飛瀑。疊作五足練，天孫布杼柚。空潭萬仞清，渟渟注寒玉。清濁久不分，用濯纓與足。

遊五泄已復遊洞巖

青口望五泄，五泄入雲裏。紫閬望五泄，五泄入井底。二十里烟霞，洞巖始到矣。一綫流天目，日夜當秉燭。蛇行過伏竇，曠然敞平陸。火氣上雲巖，蒼靄紛相逐。塵垢夙已除，人世自此無。玉趾金齒屐，冥邈遊元都。石佛眠青嶠，粲然顧我笑。笑我早還家，不得常美少。三生在目成，銘骨傳其妙。

遊石屋經由道中

夜來微雨雪，林丘灼寒素。我友惜斯辰，駕言適廣步。出門即新觀，策杖無陳路。盤桓陟崔嵬，拂褎開雲霧。石屋何人宅？千年遊獐兔。城郭週邨墟，鱗鱗代相赴。歸塗造池園，中有新石墓。佳哉三事榮，一夕不復曙。生營黄金産，爲此多造怒。親屬各自保，物理常賤故。

死者不及悲，生者莫能悟。

上吴司馬

東園桃李華，芳菲在炎熱。一朝豈不榮，相淩畏霜雪。上黨有喬松，獨秉歲寒節。移蔭澄江濆，秀出邦之傑。曉朗玉壺冰，孔壬自此絶。峻節貫秋旻，清風謝朝列。哲人稱其平，宦途謂之拙。解鞅及朱顔，白駒入岑樾。下有披裘民，籊竿釣芳洌。樂聞使君賢，不紆使君轍。爨下棄焦桐，中郎乃嘉悦。言子與澹臺，千古名不滅。

贈金十四奉化丞三首

夙昔同袍日，少年不再來。叶釐。但存金石志，泰山諒不移。念子歸遠道，兒女森以多。搔首增慚恨，我獨無變化。叶。不見彼平林，感氣辭秋籜。經春敷令華，一年再榮落。鬱鬱無改柯，是以稱松柏。叶博。

問子所除官，薄宦濱海邑。大器而小任，豈能無於邑？驥不戀棧豆，鳳豈守一枝？好盈以恥詘，達人所猶譏。毋以今歲儉，不把鉏與犁。毋以一官卑，改錯仁與義。叶平聲。毋以繭絲賤，棄捐杼與機。柳惠居微官，君子以爲師。

豈不稱佳士？之官誠獨難。叶。良女嫁爲婦，出門改光顔。叶。低眉奉姑嫜，不若父母前。矧其伏下寮，折腰古所歎。叶。如彼操琴瑟，大柱急小弦。願子勗令圖，明義在所安。叶。利錐處於囊，出穎立可觀。叶。良工無瘣木，廣術無藏珠。努力事上官，以永子名譽。

柬董子方

丙夜忽長嘆，仿偟至天旦。壯心青冥遊，奄倏踰春秋。豈不由涼德，鼎鼎何所求？齒髮日以逝，霜露日以遒。庶曰踐芳躧，道路廣且修。幽蘭藝湘澤，上蔭松與柏。獨以歲寒心，青青在泉石。蘭高不盈咫，松柏高百尺。修短豈不殊，所託惟貞直。

贈毛大可

白璧産荆楚，光暉照四隣。棄之混沙礫，而不染緇塵。高名聞大國，藺生入西秦。咸陽空一顧，徒勞陳九賓。自來希代寶，雅與仁者親。愚夫懷燕石，持之示周人。嗟爾少所見，所珍非吾珍。

贈鄒秦

芳甸靄沈沈，朱草一朝歇。來者復幾時，怵悵如何説。功名在丹青，幽光照前烈。誰識鏡中顔，坐歎遲之拙。暮齒畏後生，驪駒驟霜雪。秦也項橐流，才氣邁時哲。十八工大書，染素如仲鐵。瞬息强弩張，森肅寶刀列。秉燭時一覩，使我豎毛髮。

贈劉孟雄弟仲濟詩五章

君子有嘉遯，城郭爲山林。大道固舒卷，少壯乃抽簪。淵淵歌商頌，丘中有鳴琴。其子能和之，如鶴之在陰。

其子曰仲氏，執蘭復秉蕑。義不樹賫菴，遇我寫德言。引草有虎魄，腐草獨不聯。引金有磁石，曲鍼獨棄焉。反躬多所闕，斯義信難安。

吹篪既有塤，仲氏亦有兄。王風未墜地，斯人豈無情？婉孌操柔翰，同室聞嚶鳴。思孟而得見，鼓瑟以吹笙。思仲而不見，載起而載行。

游魚在於水，不知水深淺。懷人在於夜，不知夜修短。縱使不能來，寧俾音信斷？其人亦甚邇，其室殊不遠。

仲子今何在？結志墳與丘。努力苦不早，年歲忽以遒。香草比君子，芳芬出於幽。微我無旨酒，且勿遨以遊。微我無車馬，且勿輪以輈。微我無令德，且用謙以柔。豈不愛宴樂？宴樂期千秋。

暮秋山中寄姜行先肩吾

楚宫未琢玉，名與卷石列。昔日張儀貧，妻子羞其舌。我無仲山明，雅好追前哲。結爲千石匏，良時躬不閱。惟君兄弟賢，歡好如昔悦。胡不厲純鉤，千擊無摧折。爲樂當及春，爲名當及節。弗待秋風吹，枝上鳴鶗鴂。階前一香草，玉蕊細如屑。寒花未及開，宛轉風前别。感此不遑居，行吟壺口缺。

山中寒甚移書問駱思來有酒否便招予過飲因而贈之

弱歲不知歡，及老歡已失。爲歡百年中，十常不得一。難保陰與晴，况間愁與疾。常恐見勞人，無以撰佳日。匡牀急候蟲，風林振寒律。宿莽委明霜，光光曜阡術。移書問親故，盎罍醞佳秫。便往斟酌之，悦君如僑肸。肴核非遠求，言談見真率。負暄成揶揄，一壺自此畢。魏闕非所期，長往未可必。吾意如風雲，偶爲君子述。白雲豈有心，時爲清風出。

同王舜舉飲酒

青山如美人，青松如緑髮。何者爲之鏡，青松挂明月。美人進金罍，一飲安得歇？把臂王子喬，鉛溪煉金骨。四十九日終，騰身得超忽。飛入醉鄉中，是以有三窟。

復飲駱思來酒

何處可飲酒，前山一片石。聞君有清酤，便爲不速客。諧語雜風騷，隨步非阡陌。心交無新故，山亭横今昔。喟然誰不然，樂盡思陳迹。妙悟醒則亡，一醉領三益。

病中懷友弦績振公孟雄仲濟

置我在城隅，闃如坐井底。流年風雨中，奄忽云暮矣。卧疾善懷人，歷亂無終始。濯濯此良朋，孰非南國紀？

曉人良不易，童子可晤言。道遇攜手人，别我適鹽官。五日以爲期，望月亦以弦。吕子老於行，歲晚越阡陌。在苕復在吴，溯洄安可得？吴市專諸門，重樓高百尺。紅鐙貂襜褕，歌吹終日夕。茂苑解荒淫，端可滯佳客。

劉生尚清妙，交以久而深。惠然偕厥弟，視我墻之陰。入室椒蘭發，言笑散幽襟。或往而或來，悠悠勞我心。令弟見愈罕，琪枝鬱鄧林。孟冬方宴爾，好合如鼓琴。

作詩呈同舟諸友

曰予之濡須，濡須不可睹。重違良友歡，舍之適東魯。京口猶在家，邗關遂開户。日與青林疎，彌望皆黄土。三杯遣四愁，一枕失千古。遊子邈何期，翩騅思將父。北登華不注，終陟山之岵。

淮揚道中

逖矣此川原，千古勞物役。蹇吾未息肩，柔謙媚僮僕。朝饔市糗糧，夕飧葅蘆菔。昨夜凉飆生，中塗改秋服。水香蓮房來，野色禾黍熟。葭菼染素衣，舟中青可掬。粲然聆笑言，懷新散幽獨。所遇靡不歡，何必棲華屋？

烟花集

河濱驅馬來，洗沐烟花集。僕夫授前綏，行人路傍立。北方氣候早，内手凄風入。衣帶續愈短，肌肉風塵澀。出門何所見，挈餅女方汲。其夫纍黄粱，步步追相及。借問路如何，不知城與邑。念之感人情，淚下冠纓溼。

寄程周量舍人二首

每懷南州彦，起坐日屢遷。出入清禁闥，瀟灑弄柔翰。相憶徒爲爾，相會亦以難。自我不見之，於今有歲年。豈不樹諼草，蘭蕙其舍旃。

蘭蕙雖不前，安取蕭與艾？有美勞我心，迢迢隔燕代。登高望遠人，烟林密如繪。吴門不可睹，何況千里外？此物君所詒，緘情視縞帶。

録别詩四首

出門觀交道，緬邈難具陳。休顯日以疎，覯患日以親。涉江同信宿，念子爲遠人。俯仰視顔色，氣結不能伸。且酌慷慨酒，哂彼兒女仁。咄咄壯士懷，豈獨無苦辛？

文帝豈不聖？廷尉豈不平？悠悠竄賈誼，獨傷君子情。天路何其遠，灌木何其多。雄雉舒綺翼，飛飛嬰兔羅。豈無同枝鳥，千里隔山河。急難而無戎，永歎將如何？

天道胡不然，虧盈見雲月。在昔有良醫，肱不辭三折。蒙難而潛光，文明師前哲。賢者在泥塗，皎皎神冲悦。松柏無改柯，是以凌霜雪。

丹穴有靈鳥，卑飛惜羽翰。毛羽一朝滿，翽然適天關。臨行辭子晋，曰予復來還。行者不顧返，他人或以歎。不歎歸來遲，畏彼道路寒。

同弦績孟雄集包氏園亭

豈曰無令顔，疇昔同久要。念子振衣起，誰云其室遥？天裔雲舒卷，四野縵良苗。暖風舞桑柘，晨露濯旨苕。登樓美眄邈，欣慨適以交。池篁甫引節，園柳亦鳴蜩。

訓江都宗定九

客從江上來，大可。遺我同心句。千里結相思，沈吟朱仲軼。與顧。茂倫。道路今又難，年歲日向暮。未嘗覿光儀，夢見恐多誤。良會不可遲，馳情廣陵渡。

范大端午招飲在坐者王逋范銍

茫茫肇無始，十萬幾千祀。召飲菖蒲酒，又一端陽矣。我聞坐有賢，爲客初蚤起。傷生好此名，大笑靈均子。生世不容與，爲鬼亦瑣尾。至今與蛟龍，争食江潭裏。銍也前致辭，子言一何醜。若非陳死人，焉得今日酒？有功反駡之，千春負良友。古聖拜昌言，予敢不稽首？失言不足誅，酌之以大斗。宋荔裳曰：狂欲上天，吾願從焉。

洪厓客

古之息機人，御風空物役。萬事入其手，粲然如指畫。功成且不知，而况經營迹？觀火洞心胸，澄泓下金液。朝聽耳根絶，夜視眼光碧。逝將歷名山，肩拍洪厓客。

夢見

數見苦不良，夢見苦不長。故人迎我至，玉杵舂黄粱。進我青精飯，飲我茘椒漿。啓目酒杯失，齒頰留餘香。叉手一卷書，謂我盍觀諸？自稱才力富，馳辨折子虚。字多不可識，飯多不可食。膠膠鄰雞鳴，唤起長相憶。

壽沈侍郎

嘉運空林谷，雲陛揚芬郁。采采盡良材，唯公睞散木。散木亦何私，忠良在鈞軸。連翩見鳳雛，妙彩驚人目。繡羽帶朝陽，飛集梧與竹。有客臚朝彦，首曰公也善。若金礪之融，若瑾圭斯瑑。六氣濟柔剛，亦聿陪清殿。邁種歌帝年，君奭詠周篇。風聲韻天地，喜起皆聖仙。借曰今非古，雅意豈其然？

贈姜武孫并柬令子之琦

吾兄懋經術，根荄出子牙。處世若轉圜，出入無常家。未逢渭川獵，且看長安花。看花上林裏，踥蹀同賢子。鳴鳳固有雛，文章粲霞綺。横翅入青雲，聲帶歸昌起。隸也歎徂川，俛仰非少年。獲交天下士，唯兄異羣賢。背荷葑菲采，面聆藥石言。心交若肝膽，平生無間然。

和陳仲廉贈言

良珍不入市，抱璞山之阿。盛世有遺逸，如君不易過。邂逅燕山側，鬢毛各以皤。甘霖久不作，易水淺無波。今夕復何夕，雙星云渡河。一言識骰莀，賞音豈在多？會應爲世用，無媒將若何？雖然皆老矣，進取無蹉跎。

留别何奉新并簡朱革斯秦逸少

豈不曰于仕，小心誠獨難。唯子慎舟楫，湖海静波瀾。婉孌即遠道，展志在朝端。悦君忘己拙，雅欲彈我冠。

國器夙相期，良時爲楨幹。小試始割雞，果然陟雲漢。初服慎弗移，夙夜嚴明旦。古人行百里，九十乃一半。

與子久仳别，歲晏益以親。入室聞蘭臭，合坐皆令人。朱子含鼎實，秦子韞席珍。談燕雖不富，且用撰良辰。

聚散在一時，迴舟迨明發。不怨會日難，所苦彫華髮。老驥望長塗，悲鳴思超越。贈言倘不遺，羣星助明月。

詶葆翂弟并訊張洮侯

聞道吾宗秀，不知金閶樂。皎然乘白駒，來聽華亭鶴。江鱸良可羮，鉛墨時間作。投我五言詩，冲融含廣莫。良晨一啓緘，清芬散林薄。

豈無我同姓，獨以風期親。久别縈情素，日夕轉車輪。區區尺書札，何以致殷勤？逝將擊清瀨，訪子泖之濱。君家郭門外，夙與季鷹鄰。蕭蕭數莖髮，炯炯一寸心。爲我言相憶，斯世有斯人。

望舒樓詩集卷之四

山陰錢霍荆山譔　男皆、晛校
同學姚儀長文選

七言古

送葉六星期還吴江

燕山十月天無雪，參差半似清和節。正可郊圻載酒遊，遽唱驪歌悵輕别。才子無媒來帝京，可憐還向江南行。君王侍從皆儒雅，作賦何須召長卿？勸君且到松陵住，日夕婆娑宅邊樹。麯部先嘗震澤魚，硯田只獵中山兔。比歲求賢詔不虚，時來還到承明廬。有司勸駕君應出，莫向金門自上書。

攜皆兒過董生

我來求友空山裏，山人獨往收松子。向夕攜筐樹下來，雲生茅屋茶烟起。松花爲飯桂爲糧，醉卧池邊冬夜長。東方乍白寒暉動，數聲睡鴨叫南塘。空濛朝氣歸寥廓，予亦將雛入城郭。君行采采莫相忘，夜來松子風前落。

宛委山人歌壽蔣將軍

宛委山人天下才，少年走上黄金臺。手持毛錐謁卿相，廣坐一語千人開。儒冠切雲三尺高，壯夫視之輕鴻毛。山人羞草陳琳檄，上公輒贈吕虔刀。是時汝潁羣盗皆旌旄，或有守臣棄之逃。翁曰如此且養寇，決起蓑城濬其濠，令嚴如山不可摇。鷹揚隼飛勢莫遏，鴟鴞爲之遠其巢。事已賦歸去，西湖種蓮處。紅帬盪槳六橋春，黄鸝唤客千山曙。令子仙仙舞袖香，揮毫壯思何飛揚。蔚若鄧林積琳瑯，顧之大笑傾千觴。即今七十如三十，睛光黯黯須眉長。舉杯湖上思疇昔，一片湖光劍光白。

雨始晴

雨始晴，風始生。水始明，山始青。美人不至行空庭，此時不飲徒賣名。徒然守此羈孤歷亂誰爲情？儀狄非讒臣，杜康即良友。切不可聽婦人言，斷却杯中之春酒。膾鯉熊膰我不求，霜甘小摘君能否？一物足以釋主人，一蜜二謝三寬柳。

贈含山范明府

吾聞當利口有犀照亭，温嶠於此然犀照鬼精。後來繼者當在誰，夫子守官横江湄。磊落千秋可同調，燭奸再見然犀照。愛士還求席上珍，霜江鱸膾白如銀。不驅馬首吟詩客，時遣林間送酒人。有客辭鄉縣，遊盡相如倦。悲鳴若不向孫陽，空腹鹽車淚如霰。可憐國士重壺餐，恩波深望使君灘。只今競載神君德，當日誰憐范叔寒？

劉兵曹五十歲爲作長歌行

咮咮陽烏向東翔，拳拳扶桑起朝陽。纖纖顧兔哉生光，娥娥素女織流黄。是日熲熲何煌煌，明光題柱尚書郎。驅車班班出東横，曰營菟裘天姥傍。有子五色羅衣裳，蓋若九苞赤鳳凰。種百頃秫千株桑，挾瑟彈箏鳴東廂。艾蒳都粱五木香，組絲文履交於堂。五步七步縵七襄，御以椒盤酌言嘗。露晞既醉歌未央，我獨何爲之遐方？采采三秀陟陛皇，願言思君不可忘。命豐隆駕鞭白羊，短髮耳下垂肩長，奉黄金藥一玉箱。

豔歌行

飛飛庭牖霰如華，皛皛林巒花似霰。羣仙謁帝玉京回，紅樓青瑣歡相見。曾聞湘女弄參差，誰見雙成年少時？歌聲吹暖流蘇障，舞袖飄翻金屈巵。舞袖歌舞久始能，朧朧東嶺望舒升。微軀何以奉君子，朱絲繩繫玉壺冰。

贈程舍人

幾人天下稱才士，香山居士金門裏。墨氣蒸爲五嶺雲，研池化作三湘水。不負名儒席上珍，曾領南宮第一人。蛾眉慣受宮中妒，嫫母難分鏡裏春。借問伊人何處住，家連海上珊瑚樹。潮雞響動夜江鳴，石蛄含胎春雨澍。還朝先奏上之回，西苑朱旂白雪來。五色天書誰代草，九重宣室爲君開。又道名高能折節，寸心獨爲憐才熱。家兄無夜不相思，鐙火倏倏蟲切切。禰衡刺滅謝羣公，一附青雲在孔融。歌成正屬燕丹道，易水蕭蕭起大風。

若耶谿上歌

若耶谿漲芙蓉芳，花開十里照迴塘。女兒家在若耶傍，花明渌水映紅妝。自小采蓮食蓮子，玉體盡作荷花香。頭上烏雲吹不散，鬢邊柳葉不愁霜。色比荷花花太赤，面如滿月月宜長。雖然不去沼吴國，難道無能惑宋王？亂梳倭墮摇宮髻，曾經沃盥事平陽。落英辭蔕從飄逐，一朝去嫁黄頭郎。玉簫不響絲桐絶，羞殺烏鴉壓鳳凰。古來佳麗共如此，非獨今朝斷妾腸。

送顔大之都下見姜綺季朱仲軼家雷谷五兄而訊之

送客大江邊，主人擎尊客在船。借問客何之，黑貂駿馬去遊燕。燕都歷代帝王城，宫闕連雲紫氣生。朝開天上麒麟殿，夜合風頭鸞鳳笙。去矣哉，君莫哀，從來此地肯憐才。樂毅未離安邑去，昭王先築黄金臺。黄金臺下紅塵路，碧幰青油往來度。王侯擁篲競招賢，况君袖有相如賦。未央朝下漢平津，開邸留賓膾錦鱗。豈獨楚材爲晋用？南人慣染北方塵。近有朱曾蠡，白眼尊前雅滑稽。亦有綺季老，游藝時時弄花草。俱酣燕市三杯酒，罷種先生五株柳。兩賢俱不惡，世事從疎索。只憂酒醒不憂饑，縱使無錢能縱博。逢君把臂入旗亭，只如到處逢錢霍。家兄亦是歲星臣，新掌絲綸作舍人。追趨紫禁鴛鴦瓦，借宿紅樓翡翠茵。若向東南詢小弟，應數夫君漉酒巾。君欲行，歌未停，郢人去矣誰爲情？西風吹愁與波平，鶗鴂之聲不可聽。送君發，看予髮，團團天鏡飛丹闕。若到京華憶酒人，舉杯頭上邀明月。

送梁曰緝侍御西視茶馬歌

天山六月還堆雪，使星度隴霜威冽。乘障將平外國人，出車首建中朝節。萬里臨邊壯此行，清風吹滿姑臧城。酒泉太守褰帷拜，驃騎將軍下馬迎。問君何事燉煌地，拊髀解識君王意。既思鉅鹿虎臣來，便想渥洼天馬至。故遣名臣北地過，天家市易在朝那。種茶偏愛焉支土，飲馬將乾無定河。我公小試安邦手，花驄到處無刁斗。大漠風傳苜蓿香，長城月送葡萄酒。鳴金伐鼓鬭蕭關，麾下旃裘五色殷。奚官厮擁蘭筋入，駱馬歡馱雀舌還。自此天閑足飛兔，爛然雲錦紛無數。國士先經月旦題，驊騮更得孫陽顧。如公名德古人中，山甫周朝望最崇。遄歸獻納麒麟殿，珍重蕭蕭渭北風。

壽王先生

玉皇案上焚香客，手弄星辰凌太白。儵乘倒景至人間，天家主領文章伯。珠袍貝劍照霜明，几研淋漓雲氣生。郊宫雅樂鳴三頌，扈從聲歌秀兩京。帝曰汝爲皋與稷，紫宸御座虚前席。朝騎天馬玉花驄，夜補衮衣金粟尺。龍門只傍日邊開，絳帳門生共舉杯。杏壇花底皆游夏，兔園席上盡鄒枚。先生曉入銅龍内，禁苑花磚摇玉佩。香上麒麟天子來，扇開孔雀千官會。朝朝出入在南牙，獻替中朝第幾家。朱衣端簡扶丹日，黄紙濡毫散錦霞。可知洛社顔容好，東曹頻注中書考。匹婦皆知問相公，聖人不肯名元老。芙蓉帳殿曲江舟，萬歲千秋侍冕旒。已賜金莖仙掌露，何須還伴赤松遊？

青山歌爲董進士壽

湖山九月連秋聲，霜林之葉轉朱英。天然佳麗有如此，丹青效之終不成。霜樹容雖好，未若青山老。數峯秀爽媚烟霜，至今青滿山陰道。青山無姓不知名，獨立雲端無世情。世人雖比三公貴，頑石安知一品榮？衣裳皆草木，猿鶴弄琴笙。素交落落誰能數，盡是安期衛叔卿。我愛城中董進士，與君同入青山裏。

登沐日樓

輕雲上遠峯，繁英散平陸。沐日浴月雨新停，高樓可以送春目。山草山花無數新，不見當年歌舞人。松杉漠漠嚥山鳥，楊柳毿毿拂水濱。子規長聲復短聲，送將春色歸清明。清明寒食鬬新妝，顧步容與繡裲襠。青簾紅舫相句帶，雙雙雉子逐朝陽。娥娥碧玉劉家女，見此佯羞欲斷腸。歸家一夜愁憐㥏，不脱羅幂上玉牀。

廟中

阿那佳人白練紗，風起羅幂初破瓜。相逢合在巫陽廟，傍人解道是西家。非烟似月清陽節，十步凌波羞結韈。玉顔半委可憐生，相向咨嗟愁欲絶。起來再拜且焚香，徙倚千回不動裳。行雲杳杳出門去，觀者如墻夾路傍，目送清塵空斷腸。

始約張子徐子同之山東既而二兄將發予不及隨作歌送之并簡劉使君

吾聞任城城上有酒樓，知章昔與青蓮遊。知章已去酒樓在，濟水東來晝夜流。一十代更九百秋，傲吏又見東平劉。鴻名壓倒華不注，鳳聲飛出崑崙丘。君向此中得超越，奇文或與酒檮杌。大夫授簡賦清風，小史唱歌嬌白月。西園徐幹壯思飛，東國張衡逸興發。揮翰將令珠斗移，舉杯直恐河流竭。君之遊，使我愁。我之愁，不得遊。搖目四顧心茫然，大鵬不起因風逆，壯士無顏爲少錢。意欲高飛無羽翼，盼斷晴川生紫烟。

送吴伯憩遊豫章及南越

借問征夫往路長，遥指三湘及五羊。陌上故人一杯酒，閨中少婦九迴腸。從此津梁朝復暮，相望相思不知數。夜火明船蘆荻洲，郫沽繫馬桄榔樹。暑雨湖添數尺深，夏首西浮足滯淫。府君不挂陳蕃榻，上客應懷陸賈金。辛女巖前樹如髮，彭郎江上舟如月。此鄉木石麗丹青，楚嶠蠻江恣超忽。西河將老畏離居，日盼佳音返敝廬。見説衡陽無鴈到，未到衡陽早寄書。

烈婦詠陶舍人室章氏

戊子春明過上巳，豺狼闌入陶家里。白晝殺人如刈麻，猙獰鬼卒求牀笫。幾人能固紅羅襦，蓮花出匣紛相擬。貞肌玉碎輕鴻毛，清風過處噴嫣紫。始信閨中百鍊剛，冰心爲烈霜刀靡。不留螓首戴笄珈，持將熱血羞男子。梨花素頸溼胭脂，鏗然紅玉無纖滓。年來萬骨委黄沙，啾啾鬼哭青燐裏。獨有貞魂不夜號，英雄娘子何曾死？山前月出漾清光，亭亭獨立滄浪水。

瀑布泉歌送道原之豫章

瀑布泉高數千尺，百道紛飛練光白。此中自昔高人居，瀑布泉下逃名客。遠公元亮劉遺民，俱是當年蓮社人。王君此日九江去，將過東林弔隱淪。風前舉酒落花多，連江寒雨送流波。欲泣恥爲女子顔，緘思高吟瀑布歌。瀑布歌兮將送君，香爐峯上氣氤氲。迴峯九轉多猿狖，向月哀鳴聲入雲。一望荆吴水淼然，悠悠君去別經年。問予別淚知多少，去看廬山瀑布泉。

戊戌一之日范子高安歸説新建戴君高士也能詩文不入州府工篆刻草書出篋中所有見示篆古法遒正草書輕轉無俗媚季友稱有詩贈予時治裝倉皇遂失之矣悵懷有作求信人寄達新建

平生不識初赤面，范叔來言如相見。胸多落落之古心，廬山高高彭蠡深。邑有茂宰君不知，身貧不踐桃李蹊。何許一見君，金石大小篆八分。何許再見君，草書數紙晋右軍，白鶴飛出雞鳧羣。哀今之民書亦俗，都無神明雅多肉。君書轉臂如行空，紙上嫋嫋生清風。絶藝深愁時不利，不習時流師古意。鴻來詒我錦囊詩，其中字字是相思。飛入雲端失墜之，使我相思無盡時。

五月一日沈康臣壽爲作玉簫篇

仙人十五愛長生，十三學得玉簫聲。既言顧曲如公瑾，又道文章類長卿。黄金賣去長門賦，聘歸鄰女解彈箏。玉房素手調金粟，雙奏紅樓作鳳鳴。鳳鳴來下天書見，君王召入麒麟殿。載筆應從萬乘遊，披香却侍千秋燕。娥娥如月吐雲端，芙蓉御座開宫扇。朝下香塵擁馬蹏，長安陌上花如霰。此時無暇共吹簫，此日香閨怨寂寥。不來繡被甘同夢，却聽晨鐘入蚤朝。蕭郎天上榮華慣，弄玉樓中紅粉消。年年五月榴花放，猶有簫聲徹絳霄。

留别俞四推官并簡諸幕客

蛇腹龜鱗古劍鐔，釣竿六尺遊淮陰。淮陰主人良執法，清風滿袖稀黄金。官廚一縷青烟起，百文日買黄淮水。我來直弄潢池兵，潮通鐵瓮戈鋋裹。莫道文臣馬不前，紫燕桃花紅錦韉。陣上輕揮白羽扇，魚麗一出埽烽烟。烽烟埽盡炎風歇，鮫宫推出中秋月。散滿花林開廣寒，姮娥呼我朝丹闕。便欲從之騰羽毛，貪戀淮中紫蟹螯。此物即是黄金液，雪霏花落流元膏。董公三老能留客，閒時爲我燒一隻。手持郭索口流涎，右引清尊浮大白。有客舟來自豫章，載得茉莉千樹香。琪華向月開如霰，直壓江南顧辟疆。張公五十容光潤，范君善醉言尤慎。尊前相看白盈頭，盡插俞家花滿鬢。白花開歇黄花開，下縣蘭陵送酒來。董家數本能殊絶，朱萼含風笑幾回。覼花輒動陶公興，東籬舊有花開盛。采菊長歌歸去來，拂衣且欲尋三徑。

明月歌

月弦耿耿天河曙，漁船繫岸人何處？城烏向月數聲嘑，一片孤帆從此去。風落金塘木葉稀，霜花如片點征衣。月明宿鴈沙頭起，陣陣驚寒背北飛。鴈飛還向蘆洲歇，余亦揚舲下吴越。下吴越，巢丹穴，女蘿松上看明月。

越女采蓮歌

越女未入吴宮時，無人知道是西施。被郎三五初少年，舟盪清波去采蓮。一見蛾眉鏡裏春，呼作雲中天上人。並著蓮舟恨何極，荷花水上無顏色。時來歸去吴王家，珍珠簾薄五雲車。奏以鳳凰之瑶琴，覆以鴛鴦之錦衾。宮鴉未宿闔千門，暮暮朝朝承主恩。愛君窈窕同秋月，珠樓天半椒蘭發。世人解羨吴宮妃，名姝且重貧交稀。忽憶谿邊蓮葉齊，行行玉筯向東嘶。

壽陶舍人

玉局賢人出會稽，緩騎苑馬向沙隄。欲闕東觀遊金馬，夙受南華養木雞。衆妙紛來盈素手，西山深淺當牕牖。闕下應燒侍女香，門前漫種先生柳。閶闔朝開入紫垣，經過朝市不聞喧。衣裁雲錦身無著，心有冰壺口不言。之子養生無可益，惟教引我常浮白。更遥明月與青山，三者皆爲不速客。

漂母祠

漂母英聲天下聞，淮陰城下識王孫。今人無復識漂母，繫馬荒祠鎖晝門。門外黄泥夾水流，江淮迴合幾春秋？此人已去長波在，滌蕩英雄千古愁。

望舒樓看雪

樓前一湖雪，綽約生奇光。其如鏡新磨，曄然起秋霜。我正登樓看飛雪，耕犢漁船相皎潔。忽逢氈笠野人來，呼婦罏行酒杯熱。持杯到面風悠悠，白雪迴風不自由。攬盡琉璃千頃碧，空青一點望舒樓。

童大側室舉丈夫子霍爲湯餅客酒餘戲作

明珠換色誠然少，碧玉添丁豈道遲？即今蕙章宜男日，正是桃花結子時。桃花紅雨楊絲翠，主人送客留髡醉。却愁令子泣呱呱，夜深驚破鴛鴦睡。

旅中對雨

細雨不溼地，顛倒思人意。山東牧豎稱豪英，壯夫視之如兒戲。淮陰市上韓王孫，貧賤常遊老婦門。不呼少年與都尉，只作當年跨下論。我今亦困淮陰市，黄蘆一束炊烟起。八月小山無桂花，劉安堂上生荆杞。秋雨迴，秋風哀，丈夫悲從天上來。寧可并日而不食，何可一時不舉杯？君酌金叵羅，我吟梁甫歌。白龍失水遭豫且，視作筐中二尺魚。一旦乘雲朝天去，豈徒白皙專城居？ 明年若再東山卧，焚却牀頭十萬書。

登奉新九天閣簡何二明府

我來不上滕王閣，新吴縣外翔寥廓。嵌空朱閣起中流，清谿奔駛環城郭。朔吹遥連丹嶂鳴，日光亂入金沙躍。南來烏鵲望烟林，啾啾飛向城頭落。長橋如蜺卧澄川，縣中循吏何顒作。何顒愛道嗜清真，大布衣冠不離身。三年上計長安去，應入黄扉作近臣。如君殊不俗，峻節上秋旻。努力爲霖雨，蒼生多苦辛。與君試登高閣臨江望，不見滿目瘡痍天下人。

送董克封之京老友无休之子也

董生對策纔少年，海内流傳寶劍篇。春郊馳射桃花岸，紅滿青驄白玉鞭。君今挂席澄江曉，烟水蒼蒼鳴伯趙。秋風走上古燕山，燕丹市上誇輕蹻。君家累世盛文儒，歲月衡門長著書。惟君好武仍結客，雒陽劇孟吴專諸。讀書萬卷成疏索，簫鼓登壇良不惡。君不見，班氏風流羨虎頭，咄嗟之間萬户侯。

寄顔大時客金華

顔生歲晏烏傷客，山醪醲釅酒杯赤。遥知鮮服過青山，雲低雪樹梅花白。野人家與泰初鄰，日漱朝陽亡世塵。若向金華山頂去，爲余一問牧羊人。

送姜武孫之京

吳桑始綠春蠶生，雨中千聲謝豹鳴。垂楊踠地摇金綫，折贈佳人千里行。君家累入承明裏，五公前後拖金紫。黄門獻納復何人，烏衣子弟如雲起。安石蒼生望最多，代馬桓温奈老何。知君却厭東山卧，花底鳴鞭到御河。御河流水出宫墻，百和花香繞建章。君行到此懷天末，先將賦草寄沅湘。

寶劍篇

白龍卧未醒，泥蟠在眢井。側見斗牛傍，夜夜百道吐豪光。彤文紫氣相迴薄，日月倒景同低昂。其下有神物，精光久不歇。高者凌蒼旻，下者穿溟渤。乘時大道有屈伸，年歲逾邁愈有神。刿刿欲誅無義士，故故親近英雄人。豈不聞雌雄雙劍横霜鍔，千秋萬載名千莫。

與沈實臣易畫詩

白眼看天下，彼哉斗筲者。翩翩佳士可同遊，只有山南沈隱侯。金生爲我言如此，笑而不答無乃是。數杯小飲石欄前，一株高柳脩垣裏。偶然弄墨亦無塵，一庭秋色清如水。平明好女起梳頭，玉顏昨夜妝初洗。三尺之練寫荷華，亦著谿毛淺淺沙，髣髴輕舟過若耶。捲之挂在茅堂内，與兄晨夕如相對。

祝二子禮歸却贈

古之相如賦入天顏開，曰朕不得與此人同時哉。君抱如是之奇才，一官不就還歸來。曁虛三尺腰間組，且共千行林下杯。吾髮雖短短，悲來不能斷。見君好顏色，使我開胸臆。丈夫有聲必有情，鳳凰飛上高岡鳴，豈作營營樊壟之青蠅？公侯將相會有期，卧龍未出隆中時，當年亦把粗與犂。如今且伏泥塗裏，一朝去作人間之雨何足奇？

吴將軍輓辭

七尺身如寄，輕生良不易。壯士之言吾所聞，食人之食死人事。沅湘澮澮與天清，陷陣將軍不爲名。鼓聲不起旌千折，悵望千秋再結纓。

金雪岫招飲屬霍作歌紀事

雪岫金生雅愛客，紫蓴不買羹烏賊。主人作賦擲金聲，滿堂一一稱詞伯。雨餘墻外衆山青，酒後眉間雙眼白。朱家自命酒中仙，三椀放倒頽然歸不得。就中不飲是錢生，不飲猶能飲一石。

在淮上有懷徐大克家

屋角明星蟾兔白，秋風八月思歸客。庭緑團團玉露滋，蹇産懷人坐通夕。故人家住右軍山，曲水周遭凡幾灣。世上幾人受青眼，夙昔風流許共攀。此日秋聲到林壑，君家叢桂紛開落。薄寒中人清興多，隃麋不律時時作。我獨何事留山陽，百草變衰初夜長。瓜步烽烟難挂席，思君歸夢繞河梁。

贈嚴生蓀

斥鷃但知槍榆高，決起飛飛何太勞。須賈眼中無范叔，相逢戀戀乃綈袍。吾行燕山側，沙塵損顔色。遇君飲三杯，金壺瀉胸臆。奇姿鬱礌秀千尋，藴蓄雲雷河海深。赤手開懷與人看，獨壯夫之語無沉吟。君有封侯格，虎頭何頟頟。吾伏蓬蒿中，羸行羞雞肋。近前相對不盡言，獨坐書空竟何益？含香殿上尚書郎，單車一出萬人降。捲旗江畔紅如火，解甲山前白似霜。聖朝無下士，君才不可當。縱使功成不受賞，肯教闕下老馮唐？爲君歌一曲，請君盡一觴。昔君肘後懸如斗，不惜千金與窮友。感恩不在身受之，義氣相欽同不朽。君不見，信陵昔下監門豪，朱亥聞之罷鼓刀。

孫月峯先生歌

神宗初載南宮筆，月峯先生名第一。忠臣食報在孫家，一門侍從參機密。先生清白揚家風，立朝謣謣羞雷同。自從郎署登樞要，獻納彤庭唯至公。文官武庫森刀戟，豎儒對之褫魂魄。讀史何曾讓殺青，防倭不肯饒闕白。昔有老吏爲我言，萬曆之間初愛錢。先生爲郎典京考，孔方之兄迹如埽。黜遠貪墨如禦倭，望風解綬何其多。至今猶怵真吏部，當時或號孫〔一〕閻羅。

即席上沈繹堂先生兼贈劭六令兄時出御書聖教序示客

雲間才子青宮客，兩袖香煙歸紫陌。偶開佳醖召清流，不辭折簡光衰白。二十年來嚮往深，沈吟逾見古人心。諦聽莊惠尊前語，何異成連海上琴？手披黃絹開宸翰，稽首拜手低眉看。內史精靈出硯池，玉皇咫尺朝香案。先生峻節斷纖塵，半世崇階不療貧。鴈行坐上殊清妙，修頎玉貌氣如春。當年相士澄江隩，雅意嗜痂不嗜肉。六朝金粉埽清風，可知不入時人目。亦愁覿面話偏多，闊絕雲泥奈若何。皆言聖主求山澤，豈有冥鴻逸網羅？話亦不可竭，心亦不可絕。欲輓銀河之水瀉金杯，一澆渴吻從頭說。

送劉大之荆州并簡吕君

束髮同君汗漫遊，吴山越水芙蓉洲，是時有若吕與劉。酒人兼領文章伯，酒杯未燥先頭白。我今策蹇來燕京，直君又作荆州行。荆州自昔稱雄鎮，吴蜀龍争此用兵。白衣摇艣設詭計，陸遜吕蒙孺子成此名，使我念之心不平。卧龍未展扶天業，雲長不得收漳鄴。滔滔流恨峽江中，灩澦瞿唐不可涉。分手雖然非壯年，寸心猶在氣無前。豈將温飽移仁義，臨行欲贈珊瑚鞭。赤夏茫茫即長路，吾知此去多奇遇。屈平辭賦昭君容，精靈散入巴江霧。君試瞰，江陵渡。

中道逢劉使君有懷孺歌令兄

使君才大心還古，壯士逢之傾肺腑。縱横落紙動千言，壯猷自負資文武。才士安能守故鄉，閩南冀北越衡湘。興來欲笑滄洲狹，馬去先垂黄綬長。令兄亦振垂天翼，將之天池六月息。相知不在數相邀，致書道我長相憶。

五月三日爲范秋濤師壽

今歲之星在涒灘，斗杓南指曦陽熯。三舒蓂莢堯階旦，水精冰入流澌亂。赤烏避舍青蠅竄，芭蕉如纖梅如彈，知己相期莫相斷。豈不聞數尺青桐方在爨，時人不識中郎歎。取之斲琴有異聲，竈下幾乎遂成炭。斲琴彈作廣陵散，吹入熏風徹霄漢。驅龍出聽羣仙翔，滿酌菖蒲爵無算。中有一人出義田，長佩高冠立天半。聞聲辨作焦尾桐，亦與柯亭竹同唤。此桐此竹誰當看，萬歲長陪玉皇案。

踵葉宗伯題院壁韻呈沈侍郎

西山過雨築隄沙，平明宰相趨南衙。殿上兀生屈軼草，院中亦樹桃李花。大江南北才無數，參差領袖歸官家。一開閶闔儒臣入，晨昏聚散隨宫鴉。姬孔六籍不相襲，根心述作舒天葩。末季握促宜從火，憑將金篦與梳爬。洗心一奏湘靈瑟，衆口安知陽羨茶。喤喤厥聲振聾聵，清夜如聞天鼓撾。自兹南國歌文德，無復王風昵子嗟。芰荷雲錦同初服，夜含沆瀣餐朝霞。

再踵題院壁韻同家宫聲翰林作

窈窕清禁無風沙，玉貌娟娟出殿衙。朝下金門初著雪，紫燕胭脂六出花。阿誰作者宗風接，洛陽相公忠孝家。文章照暎九天上，鳳鸞飛出驅羣鴉。牀頭藥裹看不足，蔚何壯思揚奇葩。有客長年衣裋褐，時時蟣蝨用搔爬。登堂秘笈恣探討，平頭奴子解擎茶。吾師天半蘇門嘯，豈能三奏漁陽撾？片雲可作人間雨，舒卷隨風何怨嗟。預約春來陪杖履，花間著意酌流霞。

與洪厓客夜話

吾生奔走如飛電，故鄉佳士他鄉見。對君自視比蒹葭，無何鏡裏容殊變。吾兄静者士之清，外貌和光遠世情。青囊肘後誰人識，多病逢君體自輕。秋卿署裏非朝夕，往往論心涉二更。既知圯上逢黄石，亦嗜杯中遇步兵。與君只隔江之渡，人煙兩岸山如霧。子來尋我山之陰，我來尋子春之暮。忘年之友何新故，與君遇，三橋路。

燕地寄壽姚越士屬其子弘仁寄去并簡陸虎侯

與子論文弱冠初，典麗工文我不如。年時我挾空囊走，跋涉江湖歲不虚。曰歸里閈欣相接，時挹高風北海居。坐中或與機雲對，有子銜杯夜讀書。旅人永想蘭亭妙，可能長翦春園蔬。令子製錦如天孫，只今獻策來金門。金門露濯青楊柳，少年紅杏花簪首。大官良醞出天廚，遥遥拜上長生酒。

送唐雪堂歸里

塵埋晝晦郊關裏，無恙先生卧不起。風沙日夕如雲屯，無恙先生晝掩門。聞君策騎歸山陰，豁如明電啓余心。千峯霜葉勝花開，願君一上小蓬萊。山城九月餘芳桂，願君把酒羹鱸鱖。紅蔆紅蓼滿汀洲，願君莫負鏡湖秋。六月涼風水上蓮，錦作湖光香作烟，願君莫繫采花船。苗山青映紅妝設，妍步纖腰香不絶，願君去聽黄鸝舌。亦有高風園綺叟，亦有蚤慧公明酒。登堂論道不知年，蘭亭徧樹先生柳。願君與我致勤勤，黄金臺上千秋人。姜武孫曰：直是一幅山陰道上圖，去病詩奇氣跌宕似太白，此更新緒濯濯，兼輞川之勝，才人不測乃爾。

唐觀察視學山東伊子咨伯往覲省送之

唯有泰山山最青，羣峯如筆蘸東溟。我行鹿鹿勞其形，未嘗登陟巢仙靈。儒宗武庫君之父，持節觀文作齊魯。巉嶭望與泰山平，驚開聾俗摐金鼓。君往趨庭壯此遊，日觀峯攀河漢流。趵突泉噴七十二，渤澥洶洶動之罘。下有負山轉壑之魚背，上有雷奔電走凌空吐氣之曾樓。神奇譎詭，至于如此。盍往觀乎，壯心不已。夢魂飛入雲霞裏。君行不及相追從，片言相贈心千里。一爲我啓若翁，一爲我朝岱宗。

壽俞奕仁并簡奕文令兄在坐諸公

生我前者本本元元之人無數誰得知？生我後者元元本本無數之人知是誰？唯有犖犖青雲士，數公與我同心期。五月萱花春不管，桃花脂酒訶陵熲。但可乘風上酒樓，焉用萱花忘我憂？丈夫四十宜高飲，陸離劍佩裝貂錦。

訓董蒼水并簡令兄閬石張洮侯又李沈雪峯盧文子趙雙白

去年君上山陰道，只共王郎叔道。恣幽討。今年予入華亭遊，逢君傾蓋能傾倒。君與難兄絶好奇，褎中一卷中郎艸。禹穴蘭亭不負君，歸自山陰詩愈好。二毛椎髻張洮侯，舊書千卷攤牀頭。春衣典盡爲君醉，可惜家無千金裘。坐中唯君雅善謔，百罰盧生不爲虐。又李深觀智似珠，雪峯堅坐人如鶴。閩中雙白戒方言，楚語吴音不時作。霍也此時懷抱開，縱飲適遇清風來。但知今日雲間會，誰識當年河朔杯？杯屢飛，西日歸，纖纖之月照薄衣。酒後作歌兩耳熱，歸與王郎避人説。

同張澹民夜泊

挂席南來平望住，人家水上凝煙樹。長須沽酒市橋還，風流鰕菜同張緒。弦月舟前夜半生，秋光零亂掌中明。佳人永夜應遥思，愁絶空牀絡緯聲。

校勘記

〔一〕「孫」，鈔本作「包」。

望舒樓詩集卷之五

山陰錢霍無恙譔　姪乘、星校
同學姚儀長文選

五言絶句

同友人登香爐峯

陵谷自高深，浮雲時起滅。世代幾消沈，爐峯煙不絶。
都有獼猴性，相攜陟此山。水流青嶂外，人在白雲間。

湖上歌

越女見吴兒，攀條流四目。相邀入桑中，避人言委曲。
緑鴨浴寒川，黄鶵落渚田。湖南風色起，漁網盡回船。

九月思家

滿月臨官舍，繁霜覆古城。夜長渾不寐，聽足擣衣聲。

中秋夜北渡泊潮懷金十四明府孟三秀才

寂歷孤舟渡，空青夾岸山。江流明月去，月帶夜潮還。
北渡乘潮夜，登艫思不忘。憐君天下士，三十始爲郎。
山月送行舟，江潮夜半流。弄珠神女見，百里鏡中遊。
江月空如水，流光萬里長。其如明鏡裏，不見孟襄陽。
通夕溯空明，中秋飛白雪。不作舟中人，誰知江上月？

石夫人

豈有陽臺女，空山獨未歸。妝臨明月鏡，舞愛白雲衣。

山　居

平頭沽酒到，滿酌勸青山。手持紫蟹笑，目送白雲還。

絶句

夜半一開關，心飛天地間。青天流白水，白月上青山。

渡楊子江

碧落三山曉，江風八月秋。金焦山看過，夢裏入瓜洲。

淮陽道中

日出大河明，人煙兩岸生。多情淮北水，只是向南行。
舟行見林野，婆娑不能捨。茅屋數家邨，蹋歌楊樹下。

楊柳店

白皙似吴兒，嫋嫋當風立。相逢垂玉鞭，只愁馬行急。
皎皎誰家女，遥遥拂素塵。近前不肯出，背後復窺人。
好女喜輕妝，眉眼清且倩。莫是同鄉人，何爲不相見？

無　題

寂寞青絲騎，蹉跎白玉壺。雖名錢去病，不及霍家奴。

中條山

朝看中條青，暮看中條紫。千古中條山，相看只如此。

喜王洪至自江上

八百鏡湖水，須教上酒杯。天邊明月出，江上故人來。

枕上作

夜轉氣初潔，夢勞聶未歇。牀頭白團扇，屋裏白團月。

無　題

閒禽閒柳梢，白月白波裏。古渡夜無聲，游魚動潭水。

順治己丑十月六日夜泊西陵夢水母召霍製詩詩成授桂二本護以香茅酒行二觴覺來酒氣拂拂在齒頰也詩曰

海門細於耳，水面浮如紙。一歲一歸來，辛苦瀟湘水。

渡　江

客醉丹徒酒，帆迎瓜步開。金陵山萬疊，相送過江來。

答姚翼送别

前有數松樹，亭亭立歲寒。山中三十日，日日共君看。
白雲與姚翼，山上日爲羣。揮手辭姚翼，回頭見白雲。

虎　丘

冒雨登虎丘，千人不可同。雲生講臺上，水落劍池中。
獨上千人石，山青古寺紅。半天花雨下，何處覓生公？

襍　詩

獨坐芭蕉雨，人來堂上語。登堂不見人，雙鳥驚飛去。

日落草風聲，離離客子意。歸鳥斷孤煙，城陰露零易。

河間道中

細雨雜香來，輕飔悦禾畝。望望遠人邨，煙深萬株柳。

題　畫

何處得醉來，嗒然入杳冥。或恐黄鸝聲，唤得此翁醒。醉翁。

吾家罨畫溪，不得溪頭住。收入絹素中，時時看雲樹。山水。

多少看花人，塵鞅苦不脱。此物爲秦宫，一生花裏活。艸蟲。

己未之春予館樟園夢小女持紙索書予書曰

小女十二三，新出如秋月。冰手學梳頭，左脚韈不結。既又改曰「冰手學梳頭，學綰同心結」。

題祁止祥畫

伏日一開視，風雨颯而至。蕭然涼氣生，呼鬟索半臂。
此中可納涼，清風出修竹。箕踞復何人，得非君與僕？
翁畫老愈精，山水相滃蔚。此卷愈清真，有樹無人物。
山以淡而脩，人以淡而古。放舸出人間，青松立花隖。

贈沈且潛

國寶荆山出，家風潁水長。不虞稱老驥，謬賞亦孫陽。
艸艸乾坤内，相逢便白頭。誰知前路遠，度世越千秋。

望舒樓詩集卷之六

山陰錢霍無恙譔　姪乘、星校
同學姚儀長文選

七言絶句

梁將軍

射生五校散朱旂，瀚海明霜照錦衣。弦上初聞猿臂響，天邊不見黑鵰飛。
千里驊騮噴紫烟，珠袍錦帶鐵連錢。將軍破敵宜沈醉，解道君王封酒泉。
白狼河畔赫連臺，幕府參軍共舉杯。一騎遠臨簫鼓動，封侯新詔自天來。

登倪文正公倪山

登山一望淚沾裳，太傅遺踪竟渺茫。夾岸梅花開白雪，風來猶作令公香。

過西施山〔一〕

西施明豔世間稀，此地曾經换舞衣。春色不隨流水盡，暮山猶見彩雲飛。〔二〕

禹廟下小飲

凌家山上看桃花，來飯南陽帝胄家。白日已西遊客散，空山寂寂亂啞鴉。

飲　酒

墨妙將軍題扇橋，東風一夜緑芭蕉。人來金谷千山雨，酒似錢塘八月潮。

寄雷谷兄

不見容光二十年，從頭記憶總茫然。臨風泣向隨陽鴈，爲寄相思到日邊。

送錫鬯歸秀水

公子堂前珠翠香，玉簫合曲漏聲長。忽聞江上歸人去，不唱陽關亦斷腸。

莫愁雙櫓汎清川，解唱吴歌慣數錢。一路烟花三月裏，妒君獨上秀州船。

四面青山列障齊，中間流出若耶溪。鏡湖自是神仙窟，何待來年入會稽？

送　遠

故人萬里涉龍庭，回首愁瞻北斗星。莫道春風吹不到，昭君墓上草青青。

許墅關夜泊有感

長水收帆落照前，停舟却道使君賢。雲間一任雙黄鶴，飛出吴關不税錢。

淮上逢除夕

西風吹歲〔三〕出江關，千里鄉心去復還。家在蓬萊山下住，長淮一望更無山。

道　中

路入丹陽風雨生，桂花香裏潤州城。林間嗁鳥君須聽，行過江南無此聲。

渡　江

片雲飛處上扁舟，挂斷晴虹入水流。吴女揚舲遥指點，人烟一帶是瓜州。

輕舟如月水如空，亂舞危檣白浪中。一握金山吹不轉，至今羞殺石尤風。

寄書晋叔

夜涉西陵江水寒，朝題雙鯉發鹽官。家書盡在君書内，將與家人細細看。

山陽逢武孫

來禽花發酒杯長，小語更殘夜氣凉。誰道故人容易見，十年一醉在山陽。

逆旅主人歌

屋上春菘四月花，白門楊柳暮藏鴉。北山過雨東風急，吹入當壚卓氏家。

下相題項王廟

楊柳依依古戰場，一雙春燕話斜陽。黄河渡口英雄廟，衣繡猶然是故鄉。

送友人之淮兼詢俞推官

江樓送客見蘭舟，帆轉山塘春水流。莫上隋堤望楊柳，禁烟風雨在揚州。

一望烟波損玉顔，江郇春雨固陵關。離心落在桃花水，爲送行人過小山。
漂母祠前古釣臺，主人相見酒如淮。若詢錢霍春來事，只説長含白玉杯。

過范給事墓

百花風暖大隄香，萬古河山總斷腸。不信試看松柏路，郎官墳上牧羣羊。

同王逋懷季友

匡廬雲影接天齊，范叔南遊到虎溪。我對王郎重訊及，四行淚落杜鵑嗁。

詠　遇

東風嫋嫋露華新，十五女兒行蹋春。紫陌花多不堪摘，迴車看殺路傍人。
一騎飛來墮馬妝，雕鞍不正坐秋娘。逢人藏玉烏紗落，輕綰青絲素手長。

贈徐子

白苧新詩白練帬，九峯明秀不如君。蘭亭歸去長相憶，唯向青山禮白雲。

有　懷

三杯中聖思如烟，出户行歌雲滿天。三月别來今八月，半年不動伯牙弦。
千古傷心一醉眠，先生客難有誰憐？漢朝只望三青鳥，今道東方是謫仙。
楓水橋邊音信稀，孤山亭畔故人違。夢中蝴蝶翩翩去，一過西陵再不飛。

送秉叔之大梁

東風吹緑草萋萋，二月華香送馬蹏。君到梁園莫相憶，孝王城上夜烏啼。

老郎廟

肅整衣冠拜老郎，青山一片帶斜陽。鯉魚十八稱唐帝，獨有梨園祭上皇。

哭家子方

揚州一去不知還，昔日勞勞今日閒。我自長歌無涙落，瀟瀟夜雨哭秋山。

漫　興

風流如月面如花，碧玉當年未破瓜。深坐不勝雲鬢重，回頭一笑落雙鴉。

登秦望山

分開牛斗萬峯低，割斷風煙入會稽。寂寂雲中人不見，下方唯聽一聲雞。
羣山如浪走明州，千里人煙水上浮。城郭山川青不斷，白雲生處浙江流。
秀出中天蹋卧龍，青天萬朵散芙蓉。秦州西望終明滅，我欲推翻鵝鼻峯。

輓董室張氏

德曜重來未可期，青娥新塚覆黄泥。可憐門外春山色，猶似梁鴻案上眉。

閨　怨

北鴈南翔繡户涼，當牕夜織月如霜。忽然記起瓜期近，手落金梭淚萬行。

七　夕

笛聲吹動滿城秋，瓜果樓前星漢流。悔却生平作無益，不曾河上去牽牛。

過釣臺

嚴陵灘下水瀠洄，遥奠先生酒一杯。傍人勸我休登眺，恐奏星來犯釣臺。

駿男走謁姜使君于齊中道訪予且言欲遊泰山就作詩贈之

駿男相見濁淮瀆，拜手煩傳鳥跡文。歷下一存真御史，山中更訊碧霞君。
余卧山陽似土龍，君尋東岱謁仙踪。聞言使我神飛去，同上青齊日觀峯。
天孫秀氣滿徂徠，下視東瀛水一杯。莫道山中無所贈，看君攜取白雲回。
泰山頂上有神仙，極目中原萬點煙。七十二君今在否？煩君傳語問青天。

客中送友

山陽別去馬蕭蕭，千里相思夢不遥。柳色尋常難送子，臨行折取最長條。
寒食鄉心如亂麻，今朝一半不思家。爲送故人燕市去，平分一半到天涯。

王二別我之蘇州

梧桐葉下鏡湖秋，道士山陰送子猷。若到姑蘇尋故事，吳宫明月在長洲。
翩翩公子入蘇州，一片霜花上酒樓。君有細君宜共醉，且教珍重鷫鷞裘。

湖 上

手把紅梅四五枝，蹋歌橋上聽簫時。北高峯下廉纖月，西子湖頭一寸眉。

夜宿虎丘

生公臺下葬真娘，脂粉空消花雨香。玉貌不臨霜鏡在，一輪秋月挂垂楊。

黄山阻雨

雨滿黄山客路長，時時引領望朝陽。不知客鬢今何似，一片秋聲在白楊。

别五兄省莽二十五年矣相見于燕口號二絶

少小分枝兩鬢華，一朝相見在天涯。脊令原上歡聲動，九月重開唐棣花。

雙鳳雛分兩處栖，各成家室羽毛齊。相逢記起兒童事，話到寒雞夜半嘑。

送王叔道歸山陰寄訊令弟季宜徐氏父子仲山及曼倩

家在華嚴精舍傍，五雲深處解征裳。門前山色同誰看，知汝家中有季方。

禹穴天開萬古春，荷花六月鏡湖新。妒君湖上看花坐，時見長安夢裏人。

送王叔道之京會試寄訊同遊數公

烏衣子弟最君賢，倚馬高才似謫仙。便到鳳池身不俗，蓬萊闕下玉皇前。
乙巳年辭尺五天，送君乙卯孝廉船。黄金臺上人相見，爲道相思十一年。

同劉大登蓬萊道院

青山盡與白雲飛，野客行來破翠微。一著黄冠披道服，川原皆作水田衣。

七夕同友人飲于西河酒肆

秋到京門白日凉，碧梧欲變未霜黄。杖頭到處皆堪賞，何必西河是醉鄉？
勞勞織女不停梭，織盡千秋絲鬢多。作客萬人當七夕，同時舉首望銀河。
緑楊水上有旂亭，捲幔西山相對青。但可傾尊酬織女，更無餘瀝勸長星。

霍越人也送同里范嘉之赴越幕

幾回並馬帝城過，送子先還鬢欲皤。若向溪頭采楓橘，秋聲只在客邊多。

開府蓬萊鄉樹多，翩翩書記奈君何。風前白練開黃絹，嘉婦名黃絹。鏡裏黃庭換白鵝。

有何懷抱付雙魚，苦憶高堂日倚閭。歸去似君同巷少，如何不寄數行書？

暑雨熏風夏日長，者回送客想黃香。家尊相見詢游子，只説輕肥在帝鄉。

寄徐仲山并乞代致嫂夫人商氏嫂嘗以霍詩教女女死嫂哭以詩有曰今夜誰吟去病詩

兄采狂歌似季真，婞吟長句上秋旻。不尋邨媪稱知己，徼幸差强白舍人。

與子同袍絶世塵，易安夫婦再來身。不記往還多日子，朱顔今作白頭人。

遠想同舟漾碧空，鏡湖水浸美人峯。若從水上低鬟照，又有蛾眉落鏡中。

讀徐斐成評金雪岫綺霞詞遥寄三絶斐成以未交于霍爲悵故慰之

相見何如夢見深，英雄感遇在知音。縱然就有千金璧，不換神交一片心。

把看新詞酒膽開，一行必盡兩三杯。不知醉入華胥夢，夢到君邊唱和來。

一連三日唱新詞，三日何曾空酒巵。四日停尊不復唱，無錢沽酒越相思。

病目送客

雙眼迷離近左丘，送君遠上木蘭舟。臨岐西向再三語，不見行人空淚流。

與沈九

吳興才子沈郎腰，特地清歌上紫霄。不是前身王子晉，生來那得善吹簫？

冬夜新昏者

夜長初上合歡牀，角枕雙聞百和香。霜重曉寒梳不得，日高未半莫催妝。

雜　詠

盡道君門似九天，人間相望若登仙。不知猶有秦宮女，望斷人間十幾年。

深林何處不藏烏，夜夜來啼秋鬢徂。沈香可贈君須贈，莫教冷汝博山爐。

雲間兩度沐清暉，乞食人間悵速歸。莫是旃檀香竟體，生來原著芰荷衣。

輕離輕別在梅菴，任爾無情亦不堪。我折楊枝吹玉笛，一時風雨暗江南。

無夜相思不夢君，相思一夜度江雲。淚多淹盡王郎字，認取羊欣白練帬。

雪白鱸魚百箇錢，九峯遲到悔從前。吴歌三日松江路，忍得年年不放船。

送王七用説遊三晋并簡陶子蒼

燕郊分手進衣裳，遠道天寒不可當。太白峯頭常積雪，桑乾河上早飛霜。
倭遲匹馬上河津，拂面西風捲素塵。若向霍山山上過，不由不憶霍山人。
王郎欲去不能留，爲弔林宗入介休。更爲故人傳尺素，今時元亮在汾州。

劉孟雄赴荆州幕未至死于襄陽同姜武孫哭之

赤日如焚上馬鞍，荒塗無樹惡溪乾。休言壯士身皆肉，鑠石銷金也不難。
半生覓食止空倉，頷下鬑鬑白似霜。惆悵君家無負郭，更無遺草獻君王。
鐵石心腸兒女看，昏姻王謝破愁難。勳名未建頭還黑，王坦何堪别謝安？
出入懷中日數巡，竹林高詠字猶新。武孫七子詩有予與孟雄。只今不復重開看，痛殺其中少一人。
一尊過雨納新凉，學士堂前念舊長。同秦逸少懷孟雄有詩。屈指計程今日到，誰知旅櫬在襄陽？
善人偏解死他鄉，天路蒼蒼水路長。念子南遊成永别，纔經淮水哭王郎。謂叔道。

羣賢當日酒爲名，相對尊前我眼青。知爾半塗顛顇死，不將狂飲諫劉伶。
蘭亭生長孟亭過，一死公然近汨羅。屈子若逢殊絶倒，一醒一醉奈公何。

送文卜從伊叔之官襄陽

騣騣聯騎上南漳，薊北荆南萬里長。只恐倉皇尋不見，夢魂容易到衡湘。
峴山不改市朝非，人似羊公墮淚稀。猶有故人遺蜕在，不看碑字亦沾衣。孟雄柩在襄陽。
吁嗟魏晉此亡羊，蜀漢君臣萬古香。送子臨行千百拜，爲余寄上卧龍岡。
雙柑斗酒聽黄鸝，亦恐遺慚白接䍦。劉子同行錢子住，莫非空到習家池。
男兒別自有心腸，到處能令宇宙香。努力莫輸羊叔子，獨將名字重襄陽。

口號與友人代答朱二十屈時先父之痛方深也

丞相文孫一酒民，傳言無恙念交貧。小人有肉當貽母，風木餘悲痛殺人。

送陳公武歸里并達意尊人德子觀察

長夏高天無片雲，征人羸背日如熏。要將何物來消暑，我有冰心持贈君。
一寸心容萬古愁，美人遥望思悠悠。一生心事憑君説，説向高堂是太丘。

雲間徐孝先

傲倖中郎遇仲宣，兩雙青眼對尊前。生平口不言人物，不免從今説孝先。
高文倚馬不消催，七發三都大辨才。怪殺風前珠子墮，可知身是日南來。

筠　士

虎溪橋外未嘗行，送客人如秋水清。願入東林爲侍者，度人幾棒木魚聲。

與陸上服駕茵是中飲酒作

不枉雲間滯此身，今朝一見酒星人。願將陸吉爲同舍，更取黄公作比鄰。
是中上服出風塵，陸績家風到駕茵。懷橘定過懷寶客，醉鄉不讓睡鄉人。
正歇清談酌老春，南來雨至早凉新。與君莫忘焚香拜，天意明明在酒民。
小人憂醒不憂貧，世事都忘避俗人。也得垂簾遊市肆，百錢將去覓鱸蓴。

訪魯人鶴不遇

日出雲開帝里新，柔風飛鞚馬無塵。登堂畫竹天然笑，數尺琅玕作主人。

予年十七夢一老人坐舟中素袍岸幘姿狀脩偉問舟人曰徐文長也乃出扇頭畫求題大書不交客主四字而止余遽捉筆成之覺而雞鳴矣其畫是桓伊爲子猷吹笛事

不交客主亦何妨，難得船中子弟王。吹笛當年人散盡，潮平江上響漁榔。

宮　怨

花繞宮門鳳輦稀，君恩還是玉顏非。身輕不及春風燕，會〔四〕入昭陽殿裏飛。

黄兵部招入止園看荷花

玉沼芙蓉帶夕陽，况傳清唱出垂楊。青衣倂作青蓮氣，散滿珠湖十里香。

南還江上懷子受

宿昔同袍相見稀，輕舟江畔月同飛。僧寮贈我三千字，書滿南漳白苧衣。

長江千里下瞿塘，流去青天明月光。只有相思流不去，孤舟一夜憶何郎。

送王孝輿南還

江左王孫行路貧，更無別物送鄉親。惟將一把思鄉淚，當作珍珠贈故人。
傳語他鄉總斷腸，愁心和淚望河梁。孤房細聽鄰人語，惟有蛩聲似故鄉。

送人之金陵

經年北客想南方，一送南歸一斷腸。雖道此行非故國，渡江一半當還鄉。
金陵山樹擁樓臺，六月涼風水上來。蘭槳自行錦浪裏，江南江北藕花開。
故人臨別黃金臺，指道前期八月來。從此不沽燕市酒，待君同醉菊花杯。

送章含可之滎陽丞

翩翩才子向東京，歇馬先登廣武城。舊日戰場生草木，風來猶作鼓鼙聲。
滎陽少府進賢冠，莫倚高才薄此官。肘後總懸金似斗，於君仍作布衣看。

曉　行

人行月下馬蹏多，淅瀝高空聽鴈過。只見流光飛四野，不知前騎出黃河。

朝渡沂水

打棗聲聞鴈度空，鄉心東去逐西風。鳴鞭笑入沂州道，白水青山似越中。

九日飲劉使君堂上

早道劉家饒白墮，喜來官舍見黄花。同時帽向風前落，不識何人是孟嘉？

絶　句

君今三十女同車，愧我丹青乏畫家。當唤南徐殷七七，一開九日杜鵑花。

三目和尚至敝廬直予在城市寄謝此詩

一庭春雨上莓苔，湖上雙扉久不開。不是山人能過我，樓頭惟見數峯來。

乞食城中人未還，公來誰與聽緜蠻？同行向有湖心月，對坐無如鏡裏山。

辛亥七月壽范大兄時方憂旱

此日麻姑記大年，又逢滄海變桑田。願傾十斛長生酒，洒作甘霖灌百川。

江湖黿底絶行舟，百卉焦枯蝫也愁。獨有紫芝繁且秀，與君服食度千秋。

輓姜黄門

抗疏曾經請尚方，敬亭埋骨幾風霜。師臣地下如相見，猶恐彈章到玉皇。
未竭丹心痛若何，孤臣不死主恩多。累朝養士歸行伍，遺像千秋只荷戈。
生近龍顔識主憂，死承恩詔葬宣州。白楊聲裏黄門淚，半世流人正首丘。
不葬萊陽便首陽，貞碑一片九迴腸。敬亭山下清風起，山上唯聞俠骨香。〔五〕

校勘記

〔一〕此下鈔本有雙行小字：「海嶼詩話作『詠土城山』。」
〔二〕此下鈔本有雙行小字：「曝書亭集土城山和錢六詩：『江花江草滿江關，浣女清歌日暮還。曲罷彩雲猶未散，春風吹上土城山。』」
〔三〕「歲」，鈔本作「我」。
〔四〕「會」，疑當作「曾」，「曾入昭陽」，見吴文英聲聲慢。
〔五〕鈔本尚有題越江詞後一首：「翩翩公子剡川游，五月山陰鏡裏舟。自向花前歌妙曲，若耶溪女盡風流。」末有雙行小字：「朱竹垞越江詞：『山圍江郭水平沙，過雨輕舟泛若耶。一自西施采蓮後，越中生女盡如花。』」

望舒樓詩集卷之七

山陰錢霍荆山譔　男皆、武校
同學姚儀長文選

五言律

同王子郊外作

隨路行春好，桃花二月天。日開停午後，山出鏡湖前。野蜜穿衣袖，波鷗狎渡船。折蘆新汲水，爲飯白雲邊。

南還至京口

京口羊蹏菜，姑蘇鴨嘴船。入船生菜酒，一醉藉書眠。緑岸移新路，青山惜舊年。渡江鄉思切，心落布帆前。

淮上遇仲軼

十日山陽卧，無心上釣臺。夾城楊樹下，忽見故人來。江左周郎曲，陳留曠世才。懷中有明月，和酒入君杯。

宿張氏别業

宿君池上屋，况乃水中荷。一牀月色在，半夜雨聲過。青天入户闊，高樹聽風多。明當挂席去，瀟灑洞庭波。

送何二之官奉新

我慕南州好，西山山氣清。湖連洞庭闊，江到豫章平。風俗魚爲飯，春田蔗半秔。君從楊萬里，石上共題名。

甲辰臘月送人之黔中

貂帽霜頭直，男兒萬里行。拜辭天子闕，笑入夜郎城。瘴厲三冬盡，干戈六詔平。莫令銅柱上，祇勒伏波名。

贈江州司馬陶與白與白香山皆自舍人出爲江州司馬，而偶字「與白」，故末句及之

遠嶼兩孤出，分江九派流。染衣彭澤柳，放溜洞庭舟。送客臨溢浦，懷人上庾樓。古今陶與白，司馬在江州。

戊申十月二十三日壺邨守風夢雲間張五夢中阿誼來接予，歡甚，且偕筠士登超果寺閣

宿昔夢洮侯，蒼茫歷舊遊。檢書猶稺子，醒酒即沙頭。忽上三生石，尋登百尺樓。神交公獨健，風浪涉江州。

宿遷旅店

濟河風正穩，歇店日初西。永夜思親意，還來夢不迷。月明紛秣馬，人起再聞雞。束帶同行役，騑騑路向齊。

瑯琊道中

游子同春鴈，蕭蕭向北飛。山來馬首去，一路動朝暉。生事經綸壯，親年氣力微。行當沾

薄禄，取次舞班衣。

伏日微雨過秦翰林

向晚殷其雷，懷人帶雨來。賦從天上得，雲向日邊開。暑氣歸何地，清言盡此杯。庭柯亦相和，滴瀝數聲催。

同逸少懷孟雄之荆州

交態久乃盡，忘形到弟兄。支頤瞻北闕，把酒憶南征。雨浥紅塵重，風生白袷輕。此間可數過，嘉樹合歡名。

再同逸少懷孟雄

奕奕雲中客，亭亭物外遊。劉伶如在此，豈肯醉言休？官酒臨風善，初衣得雨柔。計程垂兩月，安穩達荆州。

送越江姪還華亭覲省有懷葆翂三首

香案陳情過，鳴鑣出薊門。能無將母諗，一倍戀君恩。芍藥風臺壯，荷花水路繁。仲容方此別，青眼竟誰論？

忠孝吾家事，君才又玉堂。寧親辭冀闕，歸路出江鄉。泖水鱸魚活，陳朝檜樹香。舍人爲異物，雪涕憶漁莊。

我憶華亭縣，當年聚德星。雨來三泖白，雲去九峯青。屋木連滄海，漁歌接洞庭。歸歟無久滯，虎觀待論經。

劉使君席上贈姚郎中兼懷尊公憂蓀大司馬視王師閩海

卯酒夜來雨，同時一洗塵。愛君才似海，愧我鬢如銀。人物今猶古，琴書久愈新。坐間千萬語，强半説尊親。

贈姚刑部二首

威鳳無辛螫，雄才不細苛。看君司奏讞，筆下涣恩波。雅欲空囹圄，先之解網羅。相門陰德大，只是活人多。

上卿持虎節，冢子侍鑾坡。弈世同朝貴，花間響玉珂。超生離地獄，入直近天河。夙夜宫衣溼，雲霄湛露多。

月下詠

解識九州外，蓬萊水與山。芝皆生石上，賦不自人間。三五月在手，十千酒駐顏。或聞空中步，環佩聲珊珊。

寄薛三表内兄

分手向三月，隨身只一壺。山川望我返，名字聽人呼。才力遲偏壯，饔飧有亦無。石牀留客處，誰與憶狂夫？

贈劉明府

聞道新除縣，逌然笑割雞。誰言劉越石，當赴穆陵西。地小才偏大，天高聽自低。何須期月後，報最入金閨。

懷吕氏兩兄

二老誠仙吕，空囊直萬錢。崟岑紆古道，輝赫讓時賢。話别同朝食，扶持上夜船。故人心尚爾，相共在幽燕。

送徐君歸里

奉教未一月，興言返舊居。人皆題鳳鳥，吾豈憶鱸魚？驛路新蟬引，鄉田秋稼初。寄聲兒輩道，蚤上玉京書。

送劉南漳

八月王程白，之官樊鄧間。船來魚復浦，馬去鹿門山。秋野鞲鷹上，春江幕燕還。勿云閶闔遠，高第入朝班。

送傅孝廉歸越

作客豈吾願，寧親惟汝諧。雖成游子志，無奈故人懷。歸路山迎面，趨庭花滿階。平安書信寄，擲付與兒皆。

送張子之萊蕪幕

不及千夫長，差强一卷書。但教人抱犢，何必釜生魚？寇虐多方解，災傷著意除。與公還有約，同上碧霞居。

燕地逢趙使君

才敏如公者，閒居自不禁。停車天下士，贈米古人心。慣著王喬履，行彈子賤琴。丈夫誰没没，此地築黄金。

送異存遊山海關

山海控烏桓，川原豁壯觀。送君生健羨，豈免亦辛酸。出塞歌三疊，求仙藥一丸。前期無限好，努力勸加餐。

與公武飲酒

一見即愁別，當年思邈然。以君家世古，懸想仲弓賢。孤鳳幾時至，羣鴉向暮旋。美人明月出，滿酌與青天。

卧　起

卧起看朝景，翻然出短垣。懷人千里外，時舉一芳尊。喬木凌霄節，繁華帶露萱。内觀高枕獨，車馬不聞喧。

贈何御史

委佩趨天仗，高材出地官。嘗聞指佞草，不愧觸邪冠。日色乘朝動，霜威入夏寒。贈言無俗媚，欲得諫書看。

同乘姪觀家藏書畫

入室豐柔翰，春明縱目過。羣賢臨筆陣，其若右軍何？待詔寫生獨，尚書贋本多。阿咸真賞在，御寶識宣和。

送家方來令富陽先世嘗官此邑

世宰富春妙，青郊出草時。看花思奕葉，折柳惜連枝。山近彈琴應，江清撥櫂知。婆娑聽事壁，應見昔題詩。

三月二十姪乘以是日生示此詩前二日立夏

在春旋入夏，見姪輒懷兄。及此劬勞日，寧忘負荷情？鶗鴂輕試舞，螻蟈重初鳴。少壯勿虛擲，先師畏後生。

送蓮上人歸越

客况只如是，佳哉返舊邦。風沙辭大漠，煙樹出澄江。籠鶴故宜放，生龍不易降。羨君初夏日，高卧白雲牕。

我有雙荷葉，雷鳴夕向朝。坐愁芳草歇，况惜故人遥。遵渚離鞍鐙，還鄉見板橋。相期三歲内，同看浙江潮。

宛委山居答孝欽作踵其韻

歲暮山莊雨，盤飧話舊深。知音豈不貴？難在識其心。畫品無人物，生涯即向禽。階前種松樹，高大亦千尋。

孝欽仲軼過小園再踵其韻

君身皆硯北，自我亦郊西。聽足城頭鼓，或聞兒女嗁。種蔬同蠹食，卧簟視雞栖。婢子無眉嫵，差能舉案齊。

仲濟叔甘過我請笠

兩君鳴屐齒，風雨叩茅檐。遠想成都市，高人獨姓嚴。瀟瀟園有竹，草草食無鹽。深坐言忠孝，看花不下簾。

壽子亮

先生呼白石，道士坐青溪。年年食桃李，核與玉山齊。讀書五柳下，摇櫓半塘西。他時金馬客，割肉獻君妻。

過秦家

燕市霜威重，君家應小春。杯盤隨意好，兄弟異鄉親。緑樹能留客，紅妝學避人。叵羅方在手，喜聽一歌新。

送董大還會稽

觀國唯君後，還山在我前。脱然朝市外，以此識君賢。餽贐無金贈，平安有信傳。一行鳴鴈度，相送菊花天。

寄姜子

二月一爲别，忽驚荷芰開。思君不能寐，起步日千回。遂使牎前地，不得生青苔。佳期知復遠，終望尺書來。

歲晚喜金二至

白社悲歌士，年年江上歸。老親當落日，同我寄荆扉。冰雪征塗重，干戈來信稀。相思多少淚，相見一沾衣。

登西陵望京樓

欲渡錢塘去，登臨望帝京。山連吴越郡，水浸浙江城。天外音書斷，雲間燧火生。長安何處在？ 極目思縱横。

吴門贈商子

少小同門友，年來契闊深。才難千古歎，淪落到如今。造次專諸巷，辛勤莊舄吟。灌河秋水至，不及故人心。

同友人過卞氏園

不失牡丹信，同人雨後來。可憐三五樹，恰傍粉團開。豔色嬌紅燭，濃香動緑杯。誰能堂上飲，移席近花臺。

小雨中林過，輕雲護牡丹。却如妃子醉，嬌卧碧紗寒。禮數他家密，壺觴此地寬。主人雖姓卞，只作習池看。

的的依紅藥，低低照緑苔。手中杯未盡，又見一花開。洛下傾城邑，吴中作賦才。相逢如不醉，何用辟疆來？

送陳生涉江訪范明府

我有長條畫，高懸霄漢邊。蒜山連北固，漾日上金川。汝去應收得，言詒葉縣仙。還須留一半，歸送草堂前。

江上懷雪岫

對酒不能飲，思君輒淚零。月臨霜降白，山到浙江青。宿鴈驚沙浦，寒螿入户庭。别離難計日，踪跡況飄蓱。

送任大遊三吴

頒白乃相見，朋來自古難。息肩纔禹穴，首路復鹽官。暑雨五湖闊，江風六月寒。樓頭秦望好，留共客星看。

顔大赴東陽謁座主中路訪予於楓溪

有客下籃輿，斜陽問竹居。松雲歸野鶴，蕨飯進溪魚。共看山頭雨，隨抽架上書。嗟君非不遇，楊意薦相如。

同王子作

隨友尋三益，茅堂細雨時。到來開玉局，深坐看圍棋。衣桁安襌袷，匡牀挂接䍦。差池雙燕子，不斷話相思。

贈駱叟

魯公不覺老，頭白興陶然。剥栗拈櫧子，傾尊桂樹前。當成武塈墩，莫種暨陽田。月出花香散，同衾地上眠。

夢九弟順治戊子弟機死于賊，年二十一

吾弟豐於德，亡之命不齊。野田黄菜雨，鬼火戰場嘑。聚首平生笑，出門寒夜雞。如何惟一女，墓草又萋萋。

華亭蔣子爲予言從祖某隱者也好書慕道年今餘七十矣屬霍製詩爲壽

蔣君言從祖，結搆自鳴琴。嘯詠衡門下，空山韶濩音。不來珠履跡，春草歲時深。聽説高風罷，悠然園綺心。

將適晋與五侯爲别

昨夜池蓮放，風來一縣香。今朝游子發，路入九迴腸。仗劍辭天姥，騎驢上太行。霏微長夏雨，和淚溼衣裳。

及門范二招登和州衙内北山時仲軼孝欽皆在

官廨後山小，周遭見麥秋。蒼然平楚望，白處大江流。驢背夕陽下，鳩聲梅雨頭。去家千里外，復與故人遊。

登樓野望

雨歇朝光遠，忘餐獨上樓。霜清三徑曉，煙入半山秋。白璧無心獻，紅顔得醉留。采樵人不見，伐木韻悠悠。

駱氏山館

高館依嘉樹，梧桐間竹林。池邊紅子麗，掌上緑尊深。潦倒論吾道，時人無此心。醉歸山路出，新月到衣襟。

柬子方

董子下帷處，相違半里無。山樓登曉望，霜氣出平蕪。切切鶯求友，栖栖鳳引雛。如何年鬢改，還未相江都。

與長卿飲酒

飲酒良不易，千秋有幾人。晚交楓水客，添作鏡湖春。窈窕青山月，傲斜烏葛巾。澄江灑餘瀝，分醉及波臣。

同子赤因仲戒盈兄弟作

連醉菊花酒，常攀唐棣枝。白雲檐下起，亦是舉杯時。我笑山能應，人來鳥不疑。自今歡得盡，至後日行遲。

汎舟賀家池

得居皇甫宅，常汎賀家船。此夕風生櫓，微茫入遠天。漁鐙千樹杪，弦月兩峯前。共飲不知醉，南灘竹下眠。

遊吼山

春雨送扁舟，靈巖異昔遊。雲連危石起，水向碧潭流。擊瀨過深洞，看山上小樓。遠峯煙樹裏，滅没到林丘。

秀州司馬季闢山

季子殊清絶，偏宜侍玉皇。出來爲郡尉，吏事亦非常。秀水官廚足，冰心六月凉。猥稱園叟句，傳自駱公羊。

贈劉士獻

之子不勝酒，而能愛酒人。一杯君亦醉，竟夕道彌親。行業雅師古，文章必去塵。晤言深且旨，往往欲書紳。

東湖塘

獨樹千畦圃，西施五里山。木橋通一水，草閣遂三間。宅相傳難字，狂生得往還。會稽無俗境，何地不開顔？

招隱亭逢僧話

偶到西湖棠，相逢湯惠休。風彫游子面，霜白老僧頭。祇樹深秋净，花宫得水幽。平生五嶽興，招隱思悠悠。

吴甥贅歸設飲誦詩阿姊聽

再結芙蓉帶，重翻鸚鵡杯。歡郎爲父返，新婦抱孫來。三口牀頭並，千花雨後開。渭陽喜慰甚，豈懼濁醪哉？

蕪湖江上識舟亭前朝榷關臣王思任建

恐遠心逾古，瀕江地亦靈。羣山浮大白，兩岸夾空青。亂樹栖煙雨，遥天入杳冥。昔賢登眺後，餘此識舟亭。

送駱叔夜訪舅于淮上

初叙經年别，又爲千里行。垂楊結離思，鳴鴈落秋聲。客路晴兼雨，賓筵舅與甥。秖今淮水上，應見渭陽情。

旅夜秋分

皎月沄清露，高天綴白雲。風生衣袂薄，轉展憶離羣。人復何年合，秋從此夜分。近書來未得，鳴鴈數聲聞。

寄妾高氏數青

自許論家計，于今信爾爲。滋蘭當近竹，采菽况羹藜。騄驥覩男長，鳲鳩念母慈。長安行樂地，吾亦保嬰兒。

示張家二妹

二姓昔全盛，君歸白玉堂。才將追道韞，眉不倩張郎。天步渾難曉，人頭黑易霜。千秋賢妹在，爲我輒潄裳。

從孫世新昏

咄咄皆芳歲，雙棲在上林。阼階明婦順，有室慰親心。女曰雞鳴蚤，人聞鳳吹深。尋常梁孟事，稱説到于今。

同俞奕文奕仁小飲作

穀日日光遠，無雲萬里天。論交唯古道，占歲屬豐年。鰕菜中山酒，爐香沉水煙。勿云馬齒大，飛兔在幽燕。

此地一分手，相逢十九年。寸心皆不變，兩鬢各蒼然。酒氣熏花煖，晴光照雪姸。布衣空抱璧，春水欲歸田。

楓橋見何奕美説惠開于二月北遊遥寄此詩

令弟傳消息，春明放客船。桃紅寒食雨，柳緑楚州煙。舊館徂徠下，新妝泗水邊。贈行不及面，且免各悽然。

贈周釜山二首

出守括蒼後，還鄉只看山。傳詩過海外，汎宅入雲間。白袷衣無恙，烏絲紙不閒。十年豐暇豫，依舊此朱顔。

都説公逾静，歸來城市稀。林中青白眼，身上水田衣。棐几書常滿，蓴羹好不違。我遊將一月，亦戀四腮肥。

又　雨

好雨連朝集，皆當停午時。雷行江口疾，龍出海門遲。屋漏移書架，風清理釣絲。陰晴隔隴異，日色在東籬。

懷　歸

春色行將晚，游人獨未歸。羈孤常減飯，寒食自縫衣。柳拂隋堤遠，花開下相稀。紅衿新燕至，恰似故園飛。

石供菴

比日探奇勝，穿雲出翠微。無名山果細，問訊野僧稀。磵户松風落，懸崖石溜飛。怪來貪佛地，夙世著初衣。

言　别

欲别數爲醉，同雲作雪時。竹書南閣坐，蕙帶北風吹。舉世如相識，非君不見思。情深何可道，空此戀佳期。

薄　暮

薄暮觀風物，登艫訊所如。蓼開京口岸，市賣廣陵魚。鳴鶂乘秋至，家書向北疎。故人同卧起，雷雨入南徐。

過董生同魏老信宿二首

宛委山房勝，無慚陶隱居。長林千箇竹，方沼萬頭魚。素壁懸紗帽，匡牀列賜書。共言離別久，不醉欲何如。

魏老家相望，悠然三里餘。每聞狂客至，定造董生廬。市遠難求肉，林深易摘蔬。南牕雷雨過，盡出小塘魚。

懷沈白

豈敢違時好，無如愜素心。相知惜以晚，不語意何深。曳履風塵外，城隅夏木陰。把君詩過日，一步百回吟。葆酚曰：清真甚古，似摩詰，亦似青蓮。何子受曰：真所謂「秋水爲神玉爲骨」，去病詩文類如此，又不獨此一篇耳。

道　中

信宿爲游〔一〕子，同行日以親。正逢帆去疾，况與異舟鄰。黄鳥嚦新柳，青山接故人。良朋相見後，應洗客衣塵。

野爨新嘗麥，征人復换舟。江山猶故國，闤市入揚州。日與鄉心永，年將逝水流。老親應念子，五月尚披裘。

百里黄蒿地，征衣蚤蚤凉。鞭梢揮雨足，馬首挂斜陽。鴈度殘虹裏，人眠土竈傍。過河鄉漸遠，歸夢更須長。

新吴署中與朱革斯夜話

才子禁遲暮，中年慣客遊。國門相見過，再會此南州。道遠僕夫病，冬暄江雨稠。頻宵官舍内，款款話鄉愁。

同金二壽過丁我平

初霽尋佳友，池園秋氣凉。三杯竹葉白，數樹菊花黄。絡緯嘑新月，梧桐落小霜。坐中有荀令，拂拂辨衣香。

與王演夜飲龍溪先生之曾孫也，字季長，予之門人，予〔二〕妹元君妻之

都是千秋士，相逢一歲餘。瓷罌開美醖，銀甲析枯魚。有意師齊物，無心獻子虚。昭陵今寂寞，誰重换鵝書？

簡張長威

聞爾違城郭，讀書天鏡園。解衣風下竹，散髮露頭萱。守舍留黄鶴，炊薪用白猿。將同劉越石，于此倒芳尊。

寄顧茂倫

一别松陵道，茫茫千里遊。思君勞夢寐，夜夜上吴舟。風物空餘古，江山况入秋。著書將竟否，早寄望舒樓。

白下與門人李揆叙

比來稱國士，誰不重南金？慕義豈獨古，緘情直到今。峩峩蔣山峙，湛湛吴江深。彈入琴心裏，鍾期識此音。

百花巷答姚胄師見贈

百花僑寓好，有客對門居。快論如孫楚，清尊出子魚。亦因相會少，重念别離初。且道爲官近，高齋共讀書。

宿皁莊示門人陸鑄

別業東門外，青山不斷來。千章花樹接，四面水亭開。野老持鎌至，漁人得味回。割鮮仍刈韭，信宿此銜杯。

送駱叔夜之官崇仁

才子西江去，桃花春水船。知君文賦好，爲憶謝臨川。王稅金絲布，臣心玉斧泉。還應追勝賞，染翰墨池邊。

京邸示乘姪

長物夫何有，斯文或在兹。手拈黄酒過，目送白雲移。灌木鳴鳩婦，微風起燕兒。阿咸知此意，往與竹林期。

頭髮隨年短，鄉心入夏長。我家剡水曲，墻下數株桑。陟岵思烏鳥，登堂喜鴈行。謝安殊教姪，爲去紫絲囊。

送褚叟還白下

七十好奇計，吾多褚白浮。吴門相見晚，建業去難留。春雨千株柳，長江一葉舟。黄鸝鳴不住，只解唤離愁。

過金氏茅亭

爲我開蓬户，穿林入徑斜。破顔詩似錦，消渴水沈瓜。白屋團梧葉，青絲著豆華。興狂交復少，浹日到君家。

雨中登樓看白馬山

笑予晴不去，天雨乃咨嗟。幸託主人好，頓頓飯胡麻。市橋遠渡客，烟樹近山家。白馬相明滅，登臨興亦嘉。

臨王季貞穴

人生朝露若，一病奪君年。忽復思良友，音容過我前。歸魂瓜步側，委骨塹江邊。酹酒何曾熱，秋風落墓田。

同王舜舉湖上看月

夜飲三杯盡，前山月在門。天青千尺水，樹白萬家邨。多病疎妻子，無才戀弟昆。抱琴嘉客至，絶調細堪論。

送朱敬身之閩中

別墅蜩聲作，方塘藕葉齊。煙花緣路轉，送爾涉松溪。平仲江邊緑，王孫樹上啼。到時柑子熟，應寄鏡湖西。

顔嘯生樓上對金罍觀同成慎季顔燕男魏伯陽昇仙處

雨没金罍觀，川梁杳杳分。不能乘霧去，重負伯陽君。大藥今難得，仙歌昔易聞。尚歡公輩在，試誦子雲文。

南郊與楊子對酌

關西夫子後，世世出楊修。相見不拱手，因之脱帩頭。方調沙際鶴，忽聽雨中鳩。野酌殊無量，天壇五月秋。

宿白馬山廟有徐文長墨蹟

白馬小如拳，寒鐙古廟懸。文長弔千古，我復感前賢。旅伴語荒徑，山僧引暗泉。魂清無雜夢，至曉聽啼鵑。

同姚幼弘郭鴻吉作

國士皆行路，栖栖突不黔。謬承呼有道，自愧乃無鹽。俗眼青逾減，疎髯白更添。舊園豐韭薤，歸計欲腰鎌。

代送某中丞

二月中丞路，桃花錦浪舟。青山連樹起，江水帶潮流。簫鼓金陵渡，旌旃瓜步洲。上功應計日，天子寄邊籌。

介范熊巖壽

道上遇公健，頎然布武長。人來江右説，歌詠在南康。露濯石芝秀，日暄蘭蕙芳。登臨焉肯倦，負劍得孫郎。奚童尚幼。

十一月門人范一崐始歸去年此時之豫章

匡廬采藥者，霜雪罷南征。賀水從來濁，今朝爲汝清。鴻歸週一歲，猿淚落三聲。相見唯歡笑，如無悵别情。

十二月廿四日諸公集詠董氏草堂屬予和之

三策藏書府，雙松化石年。聞之臘社日，於此會羣賢。酒力霜頭健，山容雪後偏。我心能不醉，飛集玉缸前。

同劉大至鄭十八齋中索飲

復酌花前酒，人眠雞亦鳴。劉伶久埋照，數語見生平。鍾漏三更遠，園林十月清。攬衣出户望，霜氣滿江城。

無　題

淮揚千里至，兵火再生餘。便過幽人室，月明穀樹疎。霜頭肥八跪，諸暨下三如。魏老歡難足，明朝約打魚。

邗關贈何使君

自古言佳麗，關河納上游。只今論國計，鹽鐵寄邊愁。山色江南至，潮聲夜半流。詠歌誰得歇，何遜在揚州。

含山逢戴無忝贈詩却答

三夕含山話，朔風霜内寒。論文公獨細，愧我步邯鄲。鶴市歸何晏，龍鍾歲向闌。袖中佳句在，將與故人看。

舟中曉發

月到如無夜，帆安似不行。歸塗游子目，土語榜人聲。露氣兼風入，烟光帶日生。同舟傳立夏，昧旦喜初晴。

在含山寄陶子蒼

分手青門後，經年别思哀。同爲三楚客，不見一書來。舊事呼盧歇，新知鑷白催。何當還栗里，重醉菊花杯。

登招寶山

縱目觀千古，憑高辨八荒。地中流積水，天外見扶桑。山帶風雲勢，波摇日月光。願言重譯至，窮髮盡來王。

校勘記

〔一〕「游」，鈔本作「男」。

〔二〕「予」，鈔本作「余」。

望舒樓詩集卷之八

山陰錢霍荆山譔　男皆、武校
同學姚儀長文選

七言律

壽吴編修是日奉命使安南

詞臣此日詠皇華，萬里懸弧第一家。已近重瞳覲白雉，還令交趾貢丹砂。殿中舊食西王藥，河上新乘漢使槎。南極老人相待久，大羅城内去宣麻。

壽吴執金吾

幾回清禁肅鉤陳，解組名山不記春。白玉墀前題劍客，碧桃花下灌園人。納凉亭子龍須席，醒酒杯槃雉尾蓴。一曲紫芝雲外賞，歌聲飄動杏梁塵。

送人佐荆州

賢人解褐北新州，州内遺郵號莫愁。夢澤雲消楚塞遠，麥城雨過漢江流。謝公不道羞司馬，陶令何妨見督郵。千里相思君倍切，荆門霜落洞庭秋。

送屠舍人司馬黄州代兄作

同官同日進南牙，同住耶溪水上家。紫禁同來觀紫誥，黄州獨去看黄花。夢中道士皆爲鶴，物外佳人舊姓麻。更羡瀟湘圖畫裏，一排鴈字到長沙。

送范含山之官

新垂黄綬度金沙，更上含山驛路斜。白白魚鹽千井邑，青青燕麥幾郵家。巾車應載公田秫，飛舄還看御苑花。仙令由來生羽翰，何須句漏覓丹砂。

無錫縣外山水稍似會稽而於中土差近予夙有此卜居之志因夜泊舟上題詩

每瞻風物憶鄉關，江縣維舟一破顔。白石似留狂客坐，朱樓多在緑楊間。疎星入水流千尺，晝舸懸鐙出半山。買地躬耕如可得，延陵季子未應還。

宋公遷屋索賀以詩

一張元亮琴無弦，十乘茂先書絶編。犢子小車兼載此，丈人素業何超然。清齋不必離魚蒜，中酒焉能避聖賢？空手到門叨上客，難辭百罰醉花前。

過董子山居

高閣傾尊小雨來，片雲飛過北山隈。巖中瀑水明如雪，樹外輕舟去若杯。萱草千叢皆自出，松花三月向人開。偶逢柳色尋元亮，絲履無聲點翠苔。

送羅子遊豫章并訊南昌戴高士

每因客去訊匡廬，送爾臨風興有餘。船過嚴灘七里瀨，饌登鱸膾九江魚。滕王閣上閒雲在，彭澤門前古柳疎。若見南州高士道，鴻來應接豫章書。

送雪公還山并柬家仲

雪公頭上雪盈頭，月出樓前月滿樓。此地月明人送客，吴江雪夜子乘舟。雝雝鳴鴈千林葉，札札寒機兩鬢愁。寄與仲文心似雪，龍山月共下山秋。

孝女曹娥廟

孝女祠堂官渡邊，漢碑黄絹蔡邕傳。江流不轉千年石，風俗空喧五月船。翠柏森森圍古墓，青山疊疊擁平川。遺容寂寞精靈杳，夜夜招魂哭杜鵑。

與友人飲吕氏草堂

越王臺畔唬烏起，丞相堂前索酒嘗。江縣梅開風雨急，貧交愕散鬢毛蒼。賦才二陸誰争長，畫手長康早擅場。盡醉欲行歡不盡，還來就月鏡湖傍。

宿江上田家有郫婦進飯

遵陸辭舟道路難，思家憶舊坐更闌。逢人頻問鄉關信，作客先知天氣寒。皓月高高飛鴈鶩，西風颭颭動波瀾。多將郫酒澆愁絶，酌與烏江健婦看。

俞推官招董十丈與霍汎舟數日還次下相作

喜從莊惠吕梁遊，放溜南旋泊楚州。漠漠野煙生縣郭，暉暉岸火動沙洲。馬歸青草塵皆静，帆落黄昏水自流。對酌三人歡未足，更邀新月上扁舟。

舟次新楓懷朱晋叔

紅幕摇櫓入丹陽，雨歇新楓夜氣凉。適楚空持寶劍返，登艫喜對玉河長。忽逢明月懷知己，一見青山是故鄉。屈指到家朝暮裏，會應獨拜德公牀。

壽李翁

丈人家在鏡湖濆，慣弄溪山五色雲。把釣唯將鷗作伴，尋花只與鹿爲羣。令郎新授河東縣，此老還修柱下文。喜共淮南攀桂樹，函關西去又逢君。

輓吕忠節大司馬

圻父沈戈百戰場，吕虔刀在夜生光。千秋碧血滋荒草，一片白雲歸帝鄉。西洛川中魂九逝，北邙山上骨猶香。忠臣視死輕蟬翼，異代褒封戴聖皇。

遊雲門廣孝寺同證南西堂作

寒山木葉落紛紛，滿目西風送鴈羣。石古曾迴秦帝輦，苔深難讀李斯文。空餘鹿苑游馴鹿，愛到雲門看白雲。此夕遠公相對坐，獨能無酒醉陶君？

送涿州王吏目

一官京輔若爲分，百里鶯花只送君。薪俸亦沾仁主賜，音書長使故人聞。塵霾涿鹿過千騎，日近銅龍出五雲。才美不愁時不遇，府中皆譽鮑參軍。

代贈天津章司馬

君王新重外臣初，才子皆乘問俗車。渤海主人今在此，南皮高會近何如。訟庭山色中條下，大陸風聲易水餘。過客未應長鋏歎，天津不患食無魚。

壽某翁

石屋山人髮不梳，中年好道脱簪裾。行逢絶巘雲生處，坐到澄江月上初。焉用黄金九轉藥，止餐白雪四腮魚。我來抱甕爲園叟，同爾焚香把素書。

華亭葆芬弟新授舍人代兄作

露下清秋桂樹黄，天書新拜紫薇郎。愧耽微禄留金馬，喜奉連枝入建章。月滿九霄還賜燭，花開三殿更焚香。自今不賣長門賦，諫獵書成奏武皇。

代贈周將軍

青絲白馬下長楸，千騎應須在上頭。簫鼓喧喧迎伯樂，旌旗獵獵祀蚩尤。薊門朔雪明貂錦，易水寒風動蒯緱。自古勳名歸戚畹，君王思貴冠軍侯。

王十宴爾戲贈

二十王郎好色辰，不離紅燭盼新人。老鴉落在閨中髻，燕子飛來掌上身。合巹杯前花有暈，同心帶下玉無塵。生來愛寫陳王賦，今夕參差遇洛神。

魏子以詩招遊阜莊却答

賢人屏迹稽山麓，寄我新詩送寂寥。馬齒頓傷今日異，鹿門還記昔年交。秋風獨去收松子，春雪同誰种藥苗？料道阜莊楓樹赤，一乘款段到溪橋。

九日送呂君之金陵

語兒歸客解征裳，又發金陵散鴈行。白水青山徒送別，紫萸黄菊蹔傳觴。潮迎瓜步舟前月，風落丹陽馬上霜。江左風流今在否？試登牛首望蕭梁。

金陵佳麗六朝居，控引荆吴萬里餘。君去飽嘗建業水，懸知勝食武昌魚。烏衣舊館迎珠履，朱雀重樓結綺疏。獨有滄江能悵別，逢人須寄一行書。

送徐子之山東

祖道江津發櫂歌，天風送客奈愁何。泰山北上惟雲鎖，禹穴南尋衹鴈過。千里馬頭看白雪，萬人冰上渡黄河。他鄉魯酒應難醉，莫怪離筵勸酒多。

壽金華七十翁

先生家與赤城鄰，早遂初衣還告身。坐蔭槐黄如兔目，手移松樹作龍鱗。園中自熟安期棗，甕裏常盈白墮春。若向雲深行采藥，石邊應見牧羊人。

贈仲濟并簡令兄孟雄

遲日羣賢載酒船，山陰不異永和年。珍禽嘑上珊瑚樹，才子宜登玳瑁筵。已坐高樓題月賦，更彈流水入冰弦。君家康樂時相見，相見時時説惠連。

壽嚴中丞

萬方思治借名公，主領文昌達帝聰。書寄南屏何日返，酒行北斗幾時空。燕山仙桂凝寒翠，鳳閣華鐙徹曙紅。太傅庭前皆玉樹，就中工步五花驄。

題金陵天畫樓

丹青一幅荆揚州，挂在長天白帝秋。日月影摇金塔動，漢江波擁石城流。畫師無姓名真宰，設色何人字蓐收？更遣雲煙爲墨氣，寫生不斷入高樓。

和葆翁舍人悼妓桐月詩五首有序

桐月，華亭妙妓也。十四而破瓜，十八而就木，以此思哀，哀可知矣，故家弟五章悼之，屬予準數和之。

幾回薄袖倚闌干，美睇臨風寄所歡。只説花開能結子，誰知霜落易摧蘭？陽臺魂去猶行雨，夜錖肌纖不耐寒。同解相思我獨苦，當年春色未曾看。

既誤風流役此生，輕輕別去獨爲情。憐才自足千秋賞，好色還專絶代名。不許人間留小玉，可知天上少雲英。當初若向門前過，慟哭應如阮步兵。

樹上名花能幾時，遊人再去葬臙脂。其如小小終卷髮，纔得纖纖學畫眉。月下海棠思暈頰，風前楊柳憶腰肢。可堪五色同心結，繫在西陵松柏枝。

妝樓猶對鳳凰山，煙雨梳成十八鬟。歌扇淚餘何滿子，舞衫影斷舊弓彎。鏡臺人去朝朝暗，角枕涼生夜夜閒。佇立梧桐看新月，蛾眉只在白雲間。

柳色章臺一夜消，傷心折斷在柔條。雲間才子空相憶，夢裏佳人去正遥。誤聽管弦蟲切切，聞歸環佩鴈蕭蕭。聰明應記前身事，再世還來嫁玉簫。

同鶴浦在崑山將返蘇州清明前一日寄彤文

桃花亂落雨紛紛，百囀黄鸝客裏聞。有友共傾劉白墮，無時不説吕彤文。淢淢下縣過寒食，颯颯西風捲暮雲。明日吴門須載酒，舉杯先祭伯鸞墳。

同吕彤文姜奉世陟虎丘還山塘飲姜氏草堂

前頭雲起羃林丘，興至登山不自由。手把良朋塗較近，眼無俗物雨能留。蕭疎偶動齋宫磬，欸乃纔通淺水舟。歸到姜肱堂上坐，春盤生菜半塘幽。

三江閘 前朝湯太守築

三江牐負三江城，九日來觀逸興生。我輩登臨千古事，前賢疏鑿一時名。風彫木葉青山出，水入津梁白浪輕。絶勝管弦催進酒，高樓聽足怒濤聲。

沈九康臣得意

桂花亭上好音傳，再進茱萸酒十千。豈乏冥鴻翔碧落，喜看一鶚上青天。詩文在昔稱先輩，齒髮如今纔少年。多少名人巖穴下，因君思到鳳池前。

歸秀野堂

踊歌一路見垂楊，日足紛飛衆鳥翔。盡笑南州磨鏡客，醉歸東野讀書堂。雲生竹隝煙花重，風埽金牕蕙葉長。瓦屋忽聞靈雨過，玉壺不斷酒杯香。

華亭張蓼匪師召飲坐有周是則

雨過龍門几簟秋，門生頭白此淹留。杯中鱸膾何須憶，園内張梨不用求。絳帳弘開豐翰墨，青衣卓立勸觥籌。况逢佳士難辭醉，公瑾醇醪恰姓周。

遊超果寺有筠士同予登眺

門種參天文杏樹，坐懸刻漏自鳴鐘。數竿竹篠墻頭出，一榻維摩室内逢。琴酒不違無俗累，衣冠雖設有苔封。蓮花弟子能邀客，帶雨登樓看九峯。

楊汾書至答之且約八月當過

曉看花雨浥芳塵，夕數鵝還至水濱。浹日不逢林下客，八行能寄楚狂人。宅邊柳色親元亮，谷口禽聲唤子真。爲我南湖懸玉鏡，詰朝過攬月華新。

與朱衮話别仲軼之姪叔祥之子

我著從事之青縿，一朝輕别桃花巖。悦君爲子與爲姪，竟是阿戎與阿咸。初到萋萋相嘆喈，將辭燕燕故呢喃。尊前離思那可道，挂在千尺秋風帆。

寄梧州黄太守

每懷題柱漢宫臣，太守還珠慰故人。只合九霄隨武帝，尚勞百越化文身。樓船不下牂牁甲，獠洞皆明花柳春。萬里夢思殊未隔，蒼梧雲水若爲鄰。

送德慶州守

夜夢三刀出紫薇，河梁攜手寸心違。但傳湘水雙魚返，那怕衡山秋鴈稀。翡翠風前迎皁蓋，桄榔樹下度行衣。遥知上計朝京日，不取端州一硯歸。

代壽陶舍人

池上仙郎迴不羣，蕭然語默静紛紜。趨朝同聽晨鐘入，隱几獨將天籟聞。太鳥輕摶九萬里，猶龍珍重五千文。知公竊比陶弘景，更肯君前贈白雲。

送何二子受令奉新

八月風飄黄綬初，遭時那惜宦情疎。近來士論歸何遜，宿昔文名梟子虚。公乘只隨雲夢鶴，官廚好煑曲江魚。滕王閣上揮毫罷，遲爾爲郎典石渠。

代送梧州司馬

幾年共事五雲間，復此芳尊壯别顔。馬去自驅青草瘴，猺歌多在緑珠灣。三冬日煖禽魚樂，七澤雲來天地殷。西粤舊生秦吉了，莫愁無鴈寄書還。

蕪湖關上贈子受

水部文章動紫辰，分司南國重儒臣。豈將月進酬天子，差有春風慰故人。青草湖前思爛熳，碧桃花下骨嶙峋。君宗廚顧多先達，遲此淩雲頭上巾。

千重浪捲碧天迴，萬斛船乘白浪來。估客樂於何處作，使君懷向幾時開。算緡自是安邦策，戡亂還須濟世才。梁甫高吟應不絕，可容屬和且含杯。

蕪湖遇朱子藥而贈之

與君一別十年餘，迢遞中間斷尺書。相憶不禁思遠道，相逢非復在吾廬。俠游公子才偏壯，屠釣王孫鬢欲疎。造次論心殊未極，且當沽酒膾江魚。

與呂四再過包氏

包氏樓前初種竹，我來重過憶端陽。芭蕉霜薄寒猶翠，桂樹風微老更香。酒散小堂人影亂，坐深曲檻露華涼。忽然月出歌聲動，能使城南玉漏長。

無恙園送宋兄之閩中就姚尚書

相見難忘相别時，十年容鬢未全衰。纔同負郭燒園筍，又去他鄉食荔枝。亂後人民應有淚，春來花鳥定無私。此行莫漫嗟羈旅，地主逢迎是故知。

卓生過無恙園適予他出詩以謝之并簡尊公

雲雨翻飛不要論，十年聚散幾相存。神交久矣偏岐路，吾道非歟獨閉門。快睹青雲江上起，其如白雲鏡中繁。過庭詢我何爲者，抱甕城隅學灌園。

宋母節壽篇

夫人家在富春城，曾佐中丞校五兵。象服不臨銅鏡照，蛾眉永與碧山横。千莖白髮秋霜色，百歲空房夜雨聲。閨裏冰心誰得似，桐江流水至今清。

國門送劉公叔之柏鄉

青門淑景漸舒長，一送行人到夕陽。不堪上日違公幹，猶喜前塗是柏鄉。試聽求友黄鸝囀，莫放盈尊白墮香。鯉魚春水多無數，尺素頻應寄草堂。

送章雲李之官柏鄉

去年春色入燕京，人日春風恰送行。百里大賢雖小試，一官赤縣已專城。離歌細逐流鶯囀，别思紛隨芳草生。爲報恒山諸父老，不須占歲且郊迎。

里之賢者有劉子公叔鄉之君子有章子雲李徐子方虎班荆燕薊差慰羈孤乃者雲李出宰便攜劉徐偕往琴歌蓮幕章子樂矣使旅人作何消遣用題短篇言不盡意

故人並馬向滹沱，一路柔風轉翠柯。邂逅忽驚千里别，神交豈但十年多。仙郎署裏留賓坐，旅客天邊望鴈過。要散離愁還是酒，堅辭無那穆生何。

黄鳥銜花出上陽，青郊送客馬蹏香。柳條可折猶嫌短，竹葉頻催莫厭長。徐幹既行空卧轍，劉楨同去益霑裳。應知今歲西園集，不在清漳在柏鄉。

送魯舍人司馬蘇州

青門齊送鄂君舟，帆指姑蘇是晝遊。千騎初辭五柞館，單車將到百花洲。芙蓉日麗松陵暖，橘柚霜黄震澤秋。今日全逾白司馬，山塘東去問披裘。

沈舍人雷州司馬

知君單騎撫南黎，萬里人勞聖主思。就日甫辭温室樹，候風遠祭伏波祠。名臣自是還珠浦，廉吏何妨食荔枝。蕞爾徐聞非久駐，春光相待鳳凰池。

金舍人湖南寶慶司馬

沅湘南去惜分襟，才子爲邦出上林。青草湖邊都尉府，紫薇舍内故人心。雲來盡是魚龍氣，霜後全稀鴻鴈音。不久應逢宣室召，君恩原似洞庭深。

南郊送何穎嘉還越便訪妻子至漢陽

支遁坐中相見後，國門邂逅十年多。别離自古皆如此，容髮非前奈若何。聞子攜家衡霍下，教人心滿洞庭波。再同遊飲知何地，莫惜重翻金叵羅。

俞易菴遷儀部郎

芙蓉闕下去含香，垂橐還朝拜夕郎。雉尾儒臣摇玉佩，蛾眉侍史護衣裳。圖書盡數歸東府，筆札由來出尚方。知是君王勞夢卜，先教題柱入明光。

朱世衍五經七藝補弟子員（朱乃恒岳公之曾孫，予友子彝之子也）

建官千百盡良哉，却喜今時重秀才。四子升堂誰後至，五經應詔獨先來。流星劍氣爲龍上，擲地金聲倚馬催。見説充宗能折角，朱雲名譽滿雲臺。

湖　上

賀公湖上雨初晴，門外滄浪深且清。牧笛騎牛烟裏度，漁舟挂網日邊行。山迴浦溆丹楓出，風動沙洲白鷺輕。弦燥指柔宜奏曲，丘中不斷玉琴聲。

送淮上嵇孝廉八月就試南宮

今歲春宮八月開，玉階露白詔仙才。梧桐緑染珊瑚筆，橘柚黄添瑪瑙杯。羊角風高鵬擊上，鳳池秋色鴈銜來。知君去奪天香種，合傍淮王桂樹栽。

寄蔣大鴻時客宣城

宣城人至訊尊顏，解道先生髮未班。觴詠雖違蔣詡徑，琴尊屢上謝家山。一雙柑子從遊陟，千歲猿公侍往還。久闊不知遊處換，猶勞清夢入雲間。

爲陸丈雙壽

華亭賢者住山陰，東漢風流更在今。霜氣獨臨芝草秀，月光長到柏臺深。機中札札流黄響，案上青青眉黛侵。令子不須懷橘至，木奴千箇落風林。

員墓望太湖同呂彤文

籃輿盡處見潺湲，千里湖頭一啓關。帆影來從陽羨縣，波聲流去洞庭山。滄浪漁唱無時斷，越國鴟奚幾日還。須唤湘靈來鼓瑟，與君取醉白雲間。

贈崑山令

君今結綬掌煙霞，半嶺蒼蒼入絳紗。一鶴隨來偏此地，雙鳧飛去復誰家？子猷無處不栽竹，潘令何須只種花。我爲玉山尋地主，北樓相向讀南華。

卞家席上贈張泰游

爲求博物詣張華，茂苑春風入卞家。木秀自然馴鳥雀，堂清雅可設茶瓜。醉中謬誤誰能斷，老至疎狂我倍加。直到如泥纔别去，還期來就牡丹花。

將遊京師作詩報家兄省葊

帝城一半彩雲邊，千里葱葱繞御烟。才子三河皆讓席，仙郎五夜去朝天。鳴珂鳳闕花生路，賜酒龍池月滿船。北道主人相待否，布衣今欲獻甘泉。

代上某太傅

曾領千官侍玉皇，黄冠著罷謝鴛行。柳深芳徑陶元亮，花滿清江顧辟疆。采藥遂傳丹竈訣，拂衣猶散御爐香。懸知一枕南牕下，夢繞天顔入建章。

范少六補弟子員

山陰猶是右將軍，屈指時名欲到君。乃父當年司白鹿，郎君取次上青雲。三江鴈影庭中見，八月潮聲筆下聞。南陌歸來香不散，桂花滿路把衣熏。

和王麟仲舍人含山簡予之作

和州署裏共登臺，山縣從遊興復開。紫褎兒童迎客至，翠襟鸚鵡喚茶來。櫻桃低結垂垂子，柳絮輕沾淺淺苔。斷酒病中今日愈，安能不盡故人杯？

送吴甥髮之荆州幕

游子南征莫忘歸，雙親頭白近何依？由來仕路唯今盛，况負才名似爾希。相送夜尊雞喔喔，相期晝繡馬騑騑。自驚老矣吾殊健，至後燕山未授衣。

寄劉南漳兼簡令姪文卜

念子揚舲近洞庭，鴈沙啞啞舊曾聽。巷無服馬思同好，南有嘉魚怪獨醒。花縣神君頻入夢，竹林小阮亦忘形。寄聲霍也殊無恙，黄疸全消眼倍青。

壽陸母令子蓋思高仲

千行嘉樹繞池臺，偕隱名園似老萊。楓合朱顔階上舞，梅分白髮鏡中開。褒懷緑橘郎君至，手摘黄柑道士來。此日羣峯皆著雪，更疑王母玉山回。

送人還上虞幕

城隅月出送行杯，翰苑書堂徹夜開。蘂蘂風前花影動，瀟瀟樹上雨聲來。東山地主經時待，南浦潮船幾度催。併與弦歌書盛事，鳴琴室内有澹臺。

蚤發青駝

雞鳴騎馬出羊腸，幾度銀絙汲素漿。四野鶴聲吹朔氣，一鞭行色動初陽。路逢河北棗梨孰，忽憶江南橘柚香。獨喜此邦風土近，海沂山樹鬱蒼蒼。

望舒樓詩集卷之九

山陰錢霍願學譔　男皆、晲校
同學姚儀長文選

五言排律

過畢象明新居

卜居雖朝市，關門見舞雩。壺觴無外客，桃麥愛吾廬。富貴可求也，山川其舍諸。忘機蓮社飲，隨意漆園書。藥酒天壇妙，甘泉卓錫餘。我來爲道士，與爾作鄰居。

贈申維清先輩

今古老詞客，其惟甫及申。少陵如可作，把臂出風塵。牀上籠鵝帖，籬邊漉酒巾。百城何足貴，四壁不言貧。傲幸墻東叟，來尋硯北人。儻容廡下住，應與伯通鄰。

送祝子之京會試

君子將于役，謁余河之潯。雖存經濟念，詎免仳別心。道以逢年貴，交彌亡形深。及茲違琴酒，宿昔同衣衾。朔路況歲晚，嚴霜戒晨侵。握冰珠璣潤，寒籟笙竽音。在御方道泰，有才寧陸沈。北枝最高樹，去去栖上林。

壽趙侍郎

曾獻千秋鏡，方陳七月詩。簪裾遊聖代，弧韣應昌時。人望歸喬木，仙班接棣枝。鶴鳴聞在野，鴻至漸於逵。分陝周家重，傳經韋氏奇。鹽梅需傳説，火棗自安期。赤舄行何穩，彤弓賜不遲。懸知洛陽少，即是渭濱師。

立秋初霽同王叔道過友人

秋信晡前至，芒鞵足下輕。門關十日雨，天送一朝晴。暫謝管城子，言尋負郭生。庭柯老以秀，時鳥悦而鳴。不速朋來妙，無華果對清。土牀客卧起，邨僕解逢迎。客是前番主，吾忘後世名。放開青眼去，諦看白雲行。越國才何壯，燕山月倍明。隨他人散盡，獨坐到三更。

顔大賡迎妾僦居京邸命霍賦詩

滿路南冠客，經年怨寂寥。征夫轅下老，少婦鏡中消。獨有顔生者，雙飛近九霄。秦嘉迎翟茀，徐淑佩蘭椒。雖寄皋通廡，全過弄玉簫。由房無陋巷，舉案失簞瓢。煤火羹蘆筍，瓷罌灌藥苗。宜男春草茂，柏子夜香燒。背熱疑當熨，眉長更不描。板門辭剥啄，斗室賦鷦鷯。頳頰游中聖，鮮衣媚阿嬌。有鰥無賴劇，歸興赤城標。

攜皆兒過宛委山居二首壬寅歲

去年八月節，於此度中秋。今歲中秋至，還尋郭外遊。近花陳几案，面水列衾裯。大婦炊黄豆，先生弄白鷗。桂香烟裏散，魚隊日邊遊。兒子求園橘，時穿竹徑幽。

中年交際少，董魏獨招尋。一見秋風起，來聽松樹音。輕雲移嶺岫，微雨過園林。户滿青山色，人留黄綺心。禽聲通笑語，花氣入衣襟。應爲看人熟，游魚亦不沈。

乞酒俞四推官時朱仲軼共寓

楊柳歸春雨，濃陰没釣臺。同房談郡幕，遶室幾千回。今夕花難埽，明朝菊可栽。爲人依地主，作賦入天台。廉吏情何重，狂生興復開。不從漂母飯，願接伯倫杯。逢爾歌黄竹，因誰破緑苔？江州多逸事，終望白衣來。

壽姜黄門

閶闔何其峻，岧嶤入太清。仙郎處其内，夙夜諫書成。沆瀣一杯淺，菖蒲九節明。朝天北斗使，執友東方生。名以批鱗重，身非辟穀輕。千春事帝子，十二樓五城。

故丁詹事夫人八十歲

嘗誦東征賦，吾師女史賢。今觀中令府，不讓古人傳。清節三康母，丹楓十月天。竹青鸞去後，菊秀鴈來前。此日宜烹棗，當初却弄鎛。埽眉霜入鏡，梳鬢雪垂肩。玉案南山下，機絲漢水邊。百齡黄檗思，千載白雲篇。勝國登封代，詞臣獻納年。雲深武帳殿，花滿曲江船。視草開華省，披香近御筵。賞應中使奉，歸得細君憐。赤紱縈環佩，宫袍拂翠鈿。炊羹園錦帶，燒燭放金蓮。韶景頻難駐，孤貞久愈堅。奩遺五色詔，黛散六朝烟。鏊緯殊空矣，孀荆即老焉。一鐙凰影隻，九子鳳毛鮮。令旦商歌動，寒林朔吹連。珊瑚齊作樹，蟾兔甫安弦。康爵長生酒，行廚縮項鯿。麻姑語王遠，幾見海爲田。

上張蓼匪師

夫子歸來好，世人多不知。清流濯纓處，鬽鬢息機時。霜耀金橙子，風光玉樹枝。晴開三泖闊，雨至九峯疑。於此彈修況，而兼倒接䍦。竊惟觀察日，掄士浙江湄。爨下桐俱響，柯亭竹可吹。至今小兒女，猶説大宗師。隸也老將至，悠哉好愈奇。身寒如范叔，舌在似張儀。棧豆誰能戀，雲霄志不移。寸心知己感，千載以爲期。

送成竹隱之平陽 予年十四，伊父大賞予文，要以女妻我，不果

先輩丈人行，知予屬孟年。及兹與君遇，須髮各皤然。令色安能古，丹誠必可延。平陽唐聖帝，姑射藐真仙。麟閣將軍畫，龍門太史傳。去逢關尹喜，應授道書旋。

壽周又康母十一月望日

若邪溪上水，瀉地不流泉。東武山頭樹，干雲更拂煙。歲寒天欲老，閨秀節彌堅。湘管題貞燕，瑶琴歇舊弦。冰衾半世冷，霜鏡一輪圓。襁褓遺孤立，詩名二十年。

詠老妻趙氏本華

芳年不妒色，白首不修齋。一緯一經富，三眠三起佳。澣衣無綺縠，盛飾只荆釵。視塍如兄弟，添丁即武皆。數青子女好，夙夜抱諸懷。

望舒樓詩集卷之十

山陰錢霍顒學譔　男皆、武校
同學姚儀長文選

雜録 一題而不一體者

過泰山

百里空濛來，泰山高不極。蒼蒼半嶺中，皆作青天色。

石梁郈店水潺湲，日觀高峯送馬還。泰岱出雲看不絶，一聲秋雨過前山。

旅邸喜宋公白見過

草堂佳客至，秋日著春紗。纔定黄淮水，新澆白雪茶。問名知宋玉，指屋是鄰家。何必小山上，重扳桂樹華。

先生方隱烏皮几，有客來詢蓮社人。暫依玉樹風前立，洗去征塗衣上塵。清秋賦就無慙宋，白袷香來道姓荀。相逢便有城隅約，載酒同看月色新。

題章進士手卷

清溪斷山口，捲幔平如手。對此百慮無，獨能不思酒？
疎柯帶野篠，數峯淡而小。肯到山中來，莫慮青山少。
空山人迹稀，細路莓苔起。比歲不相聞，前邨白雲裏。
千古空濛驢背間，寒雲朔雪滿溪山。過橋東去無窮路，尋見梅花便可還。

送秦翰林還里

君厭承明廬，掉頭歸去奇。當其至山陰，正放荷花時。萬頃澄湖麗，百里香風吹。夤緣及鷗鳥，抑或聞黄鸝。清酒空若水，竹萌和蓴絲。有時看山去，舟與青天移。空翠落千峯，争來照蛾眉。借問鏡湖水，何似鳳皇池？

濩落此爲客，仁賢數枉過。一閧旋錦里，歸思涉黄河。息蔭懷瓊樹，因依愧女蘿。方攀臺畔柳，去采鏡中荷。菉竹延丹鳳，清漣汎白鵝。水花風蕁蕁，山木雨蓑蓑。玉佩聲逾振，班衣舞且歌。小兒猶子輩，賜教諒非他。

有感而作

有美清揚水上樓，金環皓腕小梳頭。妝成却畏春羅重，歌罷空悲紈扇秋。女墻纖月窺帷入，顰眉起坐彈箜篌。七寶牀空蟲唧唧，九微火滅風颼颼。鏡中半入鵝黄色，界破朱顔玉筯流。鄰家姑姊來相約，三三五五夜藏鉤。自憐解綰同心結，誤嫁狂夫不自由。

一片蒲帆風雨聲，荷花蘆葉送舟行。江南何處相思起，悔别青山白髮生。

遠行常戒塗，未晡依村落。人人手繭絲，魯男貴蠶作。棗栗賤如土，行囊愧疎索。并日得一糜，帶圍不盈握。東兖鍾奇秀，山原互盤薄。遊陟雖可佳，跨下蹇驢弱。安得解吾鞅，息肩臨淄郭。

壽陳德子觀察

海内豈乏才，公才出之厚。仕塗三十年，而不滓塵垢。三命乃益恭，言未出諸口。獨醒亦何庸，無量于公酒。霍也灌園人，硜硜亦自守。未數踐公堂，中心藏之久。令德臭如蘭，長天日在柳。一言移贈君，俯躬恭則壽。

良貴非干禄，工文不好名。持平如定國，化俗及昆明。霞起赤城近，風來鏡水清。德園無小艸，琪樹拂雲生。

望舒樓文集

望舒樓文集

塹江歌有序〔一〕

趙駟房少府，豫章名材也。辱蒞茲土，築堤小金，實董厥事，庀材鳩工，浹日而就。農嬉於家，鼃鼁於鹺，式舞且歌，霍從而和之。

有隄兮塹江，作小金之亭毒。有橋兮容流，或潮汐之所蹴。洵當路兮用賢，屬趙侯兮董築。塞津梁兮固土，仍洑竇兮滲漉。告浹日以成功，何子來之疾速？練如組之菅麻，溉百壺之黏粥。土膏完固兮萬年，俟後賢兮可續。隄内兮閭閻，隄外兮壑瀆。鼃之民兮夏井而鹽，農之民兮秋刈而粟。鹽水精兮皚皚，稼栖畝兮彧彧。期來年兮觀潮，同我侯兮遠矚。藉金塘之草坐，送悠悠之春目。見海上之雪山，與江中之銀屋。潮聲壯兮白馬來，盡盈杯之醽醁。

遊會稽山賦〔二〕

何名山之衆多兮，獨此山乎稱佳。有天姿之窈窕兮，無蠱媚之險巇。曰氣清天朗兮，皎蛾眉之入懷。或雲興而雨至兮，又洗妝乎鏡開。近峯盤互，遠嶠飛來。南踰華頂，北走蓬萊。石繖雲張，石帆風迴。香爐氤氳，天柱樓臺。蓊蓊靄靄，氾布乎數百里之外。信乎非虎豹不能窮其幽，非賢聖不能名其佳，非鸞鶴不能覩其大也。是以雄鎮四維，精禋萬代。對醫無閭而相呼，肩隨乎東土之青岱。

昔在夏王，敷土芒芒。導江于海，迹徧遐荒。知兹山之有文也，集萬國之車書。知兹山之有武也，行長人之天誅。知兹山之有神也，歸萬歲之黄壚。猗與嗟乎！苟非至聖，孰能選地天之奇勝，結山水之歡娱乎？

若乃密邇軍州，宜步宜舟。石古細路，廣陌辰修。雖爲曚子，無相而遊。至若客子遠歸，與山久違。未出闉闍，迎來翠微。紛水光與山色，青染身之素衣。風鳴條而相唤，山首肯而低垂。懼進前之不速，豈中道而言疲？

乃其亘如長虹，矯若游龍。宛委屈曲，徑路纔通。響半天之風雨，舞千尺之虬松。予嘗宿此山兮，悟太古之寂寥。忽輕颸之披帷兮，迴長天之怒號。勢澎湃而迴合兮，接呼吸于曾霄。山深秀而響應兮，若風水之相遭。卧一夕之空山兮，聽千里之江潮。苟不與我好兮，亦不信乎松濤。若夫朝曦夕月，絳雲素雪。無景不奇，無奇不絶。日麗兮風平，如仲山之明哲。木落兮山青，與夷齊兮比潔。若夫春日遲遲，庶姜孽孽。梅瘦蘭肥，土香水咽。萬碧煙横，千紅霞徹。于是攜佳人，挾奇傑。手雙柑，耳百舌。韻絲竹之悠颺，入嘑鴟之清切。極太上之忘情，亦中心兮如結。乃若未尋丘壑，先謁園陵。登厓禹廟，照水丹青。左翠嶂之逶迤，前萬頃之漣漪。涵巨浸于山裏，亦人間之所希。來騷人兮羽客，集舟子兮罟師。

歲維丙午，春郊芳杜。予偕數客，飲于堂廡。有盛服時人，攘袂而至。從者紛如，衣都鮮麗。拾級而登，衆客思避。予曰：「不然，有僕在焉。」遂肅容張拱，布武而前。時人問予：「殿上坐者何神也？」予曰：「榜額大書『夏王廟』，客未之見耶？此夏禹王之神也。」時人又問：「夏禹王何許人也？」「若者手闢洪荒，聖神天王。洪荒之水，浩浩滔天。高不見山，下不見田。天降聖神，狎使黄龍。驅水入海，九州攸同。尊爲天子，巡狩江東。化爲明神，升遐于此。永賴神功，百王禋祀。有赫夏王，靈昭不已。非齋戒入廟者，其人輒死。蓋死于此者，歲不知其凡幾。君盍進而禱諸？其必有以福子。」人謝不敢，頓顙階下。揮羣疾去，無敢留者。于是予與數客抵掌從容，酌彼清斝。蓋廟貌滓而復清，尊俎震而復寧。豈予辨之能折哉？亦兹山之有靈。

懷二人賦

祖射潮之賢王兮，世三七而爲考。字之曰尚之兮，與青蘿之香艸。亮機心之絶無兮，蓋惟善以爲寶。邈羲農之古處兮，惜乎生之不蚤。寡嗜欲而亦有之兮，悦杜康之所造。或臨流而釣魚兮，垂纖綸之嫋嫋。受衆侮而不校兮，有明昭之蒼昊。不佞佛而修齋兮，曰獲罪無所禱。得遺金而還之兮，時盡室之不飽。十有六而室予母兮，又三歲而生霍。牛馬走之無知兮，廼孟年而志學。白日入繼以火兮，從先母之夜作。母拈箴管兮，兒攻墳索。彌年歲之不倦兮，警良宵之虛廓。漁唱起于中流，蟲聲入于帷幕。相和切乎書聲，殆興言而如昨。父珍兮母琢，誦前哲之良箴。硯田兮不穫，罄母氏之衣簪。

母琅邪之末胄兮，聞胎教乎在妊。洵闈中之男子兮，曾膏粉之不任。必雞鳴而盥櫛兮，勸學上逮于藁碪。昔予髫齔兮，讀書夜半。父歸微醒兮，笑而稱歎。曰讀書爲官，四知是憚。唯饋酒者受之，聊式燕以且衎。母曰是何言與，曷不加勵？却鮭何人，教之以義。父笑而謝，君言是也，固前言之爲戲。哀蒿蔚之非莪，蓋至老而不仕。憶疇昔之話言，徒潸焉而出涕。耿出入之銜恤，羌奔號其焉在？庶淑遺體以信修，勔斯征而斯邁。念先人之炯戒，至明發而不寐。

飲酒孔嘉賦

若有醉鄉居士，亦號莫愁。浮沈酒池，陟降糟丘。磕然顛蹶，頭觸不周。半死半生，壽且不久，顧與獨醒大夫爲友。闞其醉之未憊，爰狺狺而申戒：「古今之害，惟酒爲大。商辛自焚，楚反師敗。曷不鑒乎書云：『崇飲者予其殺？』叶去聲。子必誓于上下神祇，姑從我而肉食。碎彼尊罍，溉之釜鬵。荽蓼芬芳，羔豚燔炙。子魚胎鰕，雉膏雞蹠。浥露韭青，負霜菘白。染指朵頤，加餐努力。若狂藥之腐腸，慎勿沾夫涓滴。」時無量先生在焉，乍聞之而听然。曰：「至人養生，守盅戒盈。勿與道左，消息在我。苟惡醉而斷酒，與縱酒而階禍，無一可者也。且夫醉而伐德，不可以善飲名。飲之善者，浮夜光，揚縹青。漱瓊液，融心靈。玉頰外温，智珠中朗。富貴浮雲，清風來往。温樹不言，名花均賞。身在山水之間，心遊羲皇之上。若夫霽佳辰兮來美人，傾緑醑兮沃絳脣，藉艸坐兮交接親。善謔兮不虐，陶萬物而懷新。至迺異域羈孤，索居寡徒。蘆中江畔，絶塞穹廬。夢佳期而不見，驚夜半之嘑烏。破彼岑寂，在此一壺。若乃裔裔同雲，霏霏集霰。錯落冰須，慄飂剬面。思推轂乎師中，敵寒門而決戰。迺一戰而勝臍，最黄公之爲善。天生五味，唯酒至貴。醞十旬而兼清，窨三年而始粹。固上士之所游，非凡民之可覬。是故飛走食生，生民食孰。飲酒孔嘉，聖仙之禄。若既醉而不臧，至亂我之籩豆。蓋彼昏之不知，于斯酒乎何咎？且如永日夏暖，寒宵冬緩。春女善懷，秋士易懣。觸緒多端，不能中斷。爰是呼喻糜，命湘管。有懷斯作，有斟斯酌。蓋有相乎濡毫，亦不限乎三爵。爰是硯瀝杯乾，潑黑含丹。胸中泉涌，筆底風瀾。瀉水平地，汗汗丸丸。如大珠小珠，走于玉盤。」言未畢，醉鄉居士惝兮若失。獨醒大夫汩汩焉嗽玉津而欲溢。于是挈榼提壺，攜手同車。相與入乎琅玕之林，煙霞之際。與鸞鳳兮爲羣，沆瀣乎不知人間之世。

擊鼓催花賦 東道主長文屬予爲之

辛酉十月之望，朝下夕郎。盍簪會客，彯纓滿堂。角合圍之觝戲，手雉兎與獐狼。悦前禽之不失，思奇中乎獅王。既而曜靈歇，星河澈。六博終，尊罍設。燒炬光，見員月。江左人豪，漁陽壯傑。仰符斗星，七人環列。夕郎顧而笑曰：「竹林非遐，建安無加。人月皆素，此夕良嘉。其可無以相樂耶？」我當伐鼓，公等飛花。鼓停花到，酌彼流霞。」于是獨鼓斯咢，雙花交錯。聽逢逢之宫音，投韡韡之朱萼。雷鳴電流，兔起鶻落。目瞪不敢迴波，膚痒不敢摸索。或欲之而不留，或辭焉而必獲。鼉鼓一終，犧音娑。尊一白。爾廼長袲善舞，長文善鼓。鼓催花而不讙，花諧聲而不仆。修短殊倫，洪纖各伍。細如蒼蠅，震如虓虎。方其揚也遽收，意其止也愈怒。雖有智者，莫測其府。師曠聽之失厥聰，離婁觀之目如瞀。若夫雙花兼上，朋酒斯享。並蒂呈眸，黄流在掌。接白玉于丹脣，口不言而心賞。此千古之一時乎？何聞一而得兩？于是考鼓鼙者思將帥之聲，采名花者中聖賢之精。宵寒兮耳熱，頩頳兮鐙青。客辭兮既醉，飄然兮遐征。主人追步，留之不住。飛鞚鳴鑣，賓歸即路。夫唯皓月低佪乎軒墀，不忍別去。方朗照乎中天，炯盼盼而垂顧。

寡婦賦有序

予故常曰：「一呼吸之湯鑊易嘗，數十載之冰霜難守。」傷哉寡婦也！前人蓋嘗賦之，意其美之未盡。客舍淒其，偶一寓感。河水貞閨之誓，首山義士之歌，仔肩世道者，尤當加之意云。

自古有言，薄命紅顔。不信然乎？姑攬鏡以自觀，殆毁妝而愈妍。修眉澹其有無，鬌垂髻之娟娟。清姿收之不得，吹氣郁其如蘭。將誰與而獨旦，起中夜之長歎。罪伊何而至此，丁沃若之盛年。悢佳期之不再，無冬無夏思昔愛。矢艱貞而不移，通精魂于夢寐。鶩無賴之鳴禽，撫空衾其焉在？涕凝坐而淋浪，永俯覿乎幇帶。的珠蕤之方包，無雨露之沾匄。蔭庭柯之樛樛，入迴風之颼颼。送白日之修修，曼長夜之悠悠。羨空梁之雙燕，盼雲漢之牽牛。衯裶裶之霧縠，飄谽呀于谿谷。伊静好之瑟琴，一蒻弦而莫續。聒絲竹之繁音，其何能以如肉？豈有意于鉛華？遂永休乎潘沐。悲乎哉！五夜蟲鳴，一室孤鐙。俳佪徙倚，求死不能。神交體隔，形單影隻。芳汗暑澆，渥丹潮汐。畜縮沍寒，冰肌裂栗。腸百迴而欲絶，脣如飴而自齧。檗有心而愈苦，玉無瑕以表潔。鞠無媚而傲霜，竹有筠以凌雪。何令顔之屢遷？懿貞心之不滅。嗟乎！楮冠之士，長歌雅頌之音。柏舟之女，豈無懷春之心？唯其激昂風雲，吐納靈蛇。齊光日月，振拔泥沙。秉禮蹈義，終不過差，故足嘉也。世有堯舜湯武之爲君，咎契伊周之爲臣。豈不知色樂珠玉之可賤，孝廉忠節之可珍也哉？

校勘記

〔一〕此篇另起，版心上方署「望舒樓文集」，中署「楚辭」。

〔二〕此篇另起，版心上方署「望舒樓文集」，中署「賦」。

附録

生平

錢荊山先生傳〔一〕

錢霍，字去病，號荊山，會稽人，占上虞籍，爲諸生，貢太學。霍精舉子業，然不好，獨好爲詩。其詩自闢阡陌，勁出横貫，不假雕飾，而姿態横生。性豪飲，喜劇談，酒酣興至，音吐如洪鐘，目閃閃有光，驚起座客，咸指爲狂生，然内狷隘，耻以詩文干士大夫。嘗遊京師，故人居華要者，不一投刺。少詹事沈荃獨嚴重之，曰：「去病，今之李謫仙也。」鄉人姚儀好霍詩，爲梓其集，欲挾至沅州官署。霍至吴門，以老不欲往，儀遂居之楓橋，每歲捐二百金予之。儀死，霍還家，其貧日甚，而豪氣不衰。吏部以次除霍訓導，檄下，已物故數年矣。紹興府志。

先生諱霍，字去病，一字無恙，號荊山，歲貢生。祖本立，由嵊長樂徙居會稽之皇甫莊，已又占籍上虞。先生詩才横絶，開口逸羣，與朱竹垞、毛大可等爲友。著有望舒樓集十卷。長樂錢氏詩存。

錢霍，字去病，號荆山，山陰人。諸生。著有望舒樓詩集。越風。

康熙年，上虞學歲貢錢霍。紹興府志選舉志。

山陰錢去病霍望舒樓集長門怨一首云：「十度漢宫秋，不曾聞促織。一朝入長門，蟲聲始唧唧。盛年羞别離，掩面空悲啼。静夜疑妾心，傾耳聽車音。春殿昭陽歌舞空，玉階白露起秋風。還把鏡中顔自看，阿嬌仍是少年紅。」全首怨而不怒，起四句極善形容得意人忽然失意情景。國朝詩話。

錢霍，字去病，號荆山，上虞籍，山陰人。貢生。著望舒樓集。兩浙輶軒録。

海嶼詩話專論上虞詩人，中有「錢霍」一條，云「霍詩無可考」。其詠土城山原作，見於曝書亭集，詩云：「西湖明豔世間稀，此地曾經换舞衣。春色不隨流水盡，暮山猶見彩雲飛。」竹垞和云：「江花江草滿江關，浣女清歌日暮還。曲罷彩雲猶未散，春風吹上土城山。」此錢霍即山陰之去病，特占籍虞邑，故編入上虞耳。兩浙輶軒録。

題辭

一

朱允中敹盧甫稿

去病今之李青蓮，肉眼誰識狂生錢？並世知者沈公荃，天遇奇才不敢憐。憂庵尚書意獨拳，啓聖。更與公子有宿緣。儀。煌煌大集爲雕鐫，芘寒歲歲分廉泉。更有越風商盤選。浙輶軒，阮元輯。吉光片羽争流傳。毛奇齡。朱彝尊。梁熙。董暘。一時賢，騷壇牛耳曾周旋。酒酣耳熱醉陶然，座人都讓先著鞭。此老詩膽大于天，筆力倔彊真如椽。曲折奔放猶奔川，賢人聚散應星躔。訪戴時放剡溪船，望舒樓前珠璧聯。聲也如雷默也淵，目光閃閃越峴巔。貞心傲骨金石堅，不信試讀寶劍篇。身後欃除廣文氈，方干追第堪比肩。吾宗秀水亦謫仙，曝書亭集留遺編。鑑湖鴛湖空漪漣，詩星一落數百年。人間何事非雲烟，滄海幾度變桑田。

二

朱啓灝芰君甫稿

手鈔閲市一何勤，耄學於今獨數君。已幸補脣全豹見，方干處士殘集新成完帙。猶欣晒腹一鴟存。秋農同學摘竹垞曝書亭集諸詩補遺。選青匪易珍家澤，加墨偏多愛友羣。休歎曲終人不見，快吟寶劍引清尊。集中寶劍篇稱最。

荆山殘集目録

樂府

烏夜啼

行路難

秦女卷衣

長門怨

君馬黄

五古

涉江

寄徐氏父子

詠遇

贈劉孟雄弟仲濟詩

同王舜舉飲酒

録別詩

洪厓客

范大端午招飲在坐者王逋范銍

夢見

七古

攜皆兒過董生

送梁曰緝侍御西視茶馬歌

五律

淮上遇仲軼

甲辰臘月送人之黔中

贈江州司馬陶與白

送家方來令富陽先世嘗官此邑

吳門贈商子

將適晋與伍侯爲别

送駱叔夜之官崇仁

登招寶山

送何二之官奉新

伏日微雨過秦翰林

劉使君席上贈姚郎中兼懷尊公憂莽大司馬視師閩海

寄薛三表内兄

送傅孝廉歸越

三月二十姪乘以是日生示此詩前一日立夏

過秦家

送董大還會稽

寄姜子

登西陵望京樓

江上懷雪岫

送任大遊三吳

華亭蔣子爲予言從祖某隱者也好書慕道年今餘七十矣屬霍製詩爲壽

贈劉士獻

送駱叔夜訪舅於淮上

同俞奕文俞奕仁小飲

懷沈白

道中

與王演夜飲

簡張長威

寄顧茂倫

京邸示乘侄

蕪湖江上識舟亭前朝榷關臣王思任建

同王舜舉湖上看月

南郊與楊子對酌

舟中曉發

宿白馬山廟有徐文長墨蹟

在含山寄陶子蒼

七律

過董子山居

和葆紛舍人悼妓桐月

送沈舍人雷州司馬

宋公遷屋索賀以詩

無錫縣外山水稍似會稽而於中土差近予夙有此卜居之志因夜泊舟上題詩

孝女曹娥廟

九日送吕君之金陵

宿江上田家有邨婦進飯

同鶴浦在崑山將返蘇州清明前一日寄彤文

與朱衮話别仲軼之姪叔祥之子

卓生過無恙園適予他出詩以謝之并簡尊公

送章雲李之官柏鄉

里之賢者有劉子公叔鄉之君子有章子雲李徐子方虎班荆燕薊差慰羈孤乃者雲李出宰使

攜劉徐偕往琴歌蓮幕章子樂矣使旅人作何消遣用題短篇言不盡意

送淮上嵇孝廉八月就試南宫

寄蔣大鴻時客宣城

贈崑山令

五絶

過泰山

九月思家

淮陽道中

楊柳店

中條山

喜王洪至自江上

渡江

答姚翼送别

七絶

題章進士手卷

過西施山

送遠

許墅關夜泊有感

道中

下相題項王廟

登秦望山

雜詠

送章含可之滎陽丞

曉行

寄雷谷兄

送錫鬯歸秀水

淮上逢除夕

渡江

寄書晉叔

山陽逢武孫

過范給事墓

閨怨

過釣臺

送文卜從伊叔之官襄陽

別五兄省莽二十五年矣相見于燕口號二絶

寄徐仲山并乞代致嫂夫人商氏嫂嘗以霍詩教女女死嫂哭以詩有曰今夜誰吟去病詩

送王孝輿南還

送人之金陵

南還江上懷子受

以上各詩〔二〕録自越風及錢氏詩存中。查詩存稱荆山望舒樓集膾炙人口，如詩的、輶軒録、越風、西湖志、西湖竹枝詞、省志、郡志等書多見採録，他日覓到各書，當繼續補輯也。民國十九年國曆元旦舊曆己巳十二月初二日，蔭喬手誌。

同朱敬身舟過檇李道中見兩浙輶軒録。　補七律

題越江祠後見曝書亭集。　補七絶

西湖竹枝詞見傳王露西湖志。　補七絶

遊五洩見允都名教録。　補五古

遊五洩已復遊洞巖同前

贈駱叟　駱氏山莊同前　補五律

楓橋見何奕美見允都名教録。　補五律

又有書信一封：

蔭喬太姻長尊鑒：昨交舍妹送回山陰縣志、荆山殘集，諒登文几。讀府志荆山本傳，蓋其人侘傺不遇，潦倒以終者，然其詩則倔彊有氣骨，不輕言窮愁。憶其行路難曰「貞心竊比金石堅，提籠不許使君憐」，又寶劍篇曰「乘時大道有屈伸，年歲愈邁愈有神」，倘所謂「薑桂之性，老而彌烈」者歟？望舒樓集久晦於世，得我丈殷勤綴輯，發潛德之幽光，莫名欽佩。暇當另草題辭，以質大雅。兹坿去上年舊作二頁，又最近作一律，録於函後，統請誨正爲禱。後日北行，不及叩別，併諒併諒。肅此敬頌吟祺，不備。

姻小侄陳中嶽拜上。二月三日夜。

投贈唱和

朱竹垞送錢六霍朱大士曾同游白下　見曝書亭集。

高詠方從月下聞，佳書猶未換鵞群。一朝並馬金陵去，閒殺羊欣白練裙。

同朱敬身舟過檇李道中　見兩浙輶軒録。

舸船信宿嚮晨開，爲客欣同作賦才。別浦聽歌風送轉，〔三〕薄雲出日雨飛來。青青麥浪〔四〕侵書幌，拂拂荷香上酒杯。會〔五〕到姑蘇邀月色，相攜取醉虎邱迴。

題越江詞後　見曝書亭集。

翩翩公子剡川游，五月山陰鏡裏舟。自向花前歌妙曲，若邪溪女盡風流。

朱竹垞越江詞

山圍江郭水平沙，過雨輕舟泛若耶。一自西施采蓮後，越中生女盡如花。

西湖竹枝詞見傳王露西湖志。

手把紅梅四五枝，踏歌橋上聽笙時。北高峯下廉纖月，西子湖頭一寸眉。

校勘記

〔一〕以下據紹興圖書館藏鈔本荆山殘集補。

〔二〕自「烏夜啼」至「南還江上懷子受」，詳見正文。

〔三〕「送轉」，四庫本檇李詩繫作「轉送」。

〔四〕「麥浪」，四庫本檇李詩繫作「野麥」。

〔五〕「會」，四庫本檇李詩繫作「擬」。

望舒樓古詩選

望舒樓古詩選

會稽錢霍批點

山陰朱士曾、諸暨駱季盈仝校

魏

陳琳

字孔璋，廣陵人。避難冀州袁紹，袁氏敗後，歸太祖。太祖使琳與司空軍謀祭酒，管記室，軍國書檄，多琳、瑀所作也。徙門下督。

○飲馬長城窟行

飲馬長城窟，水寒傷馬骨。往謂長城吏，慎莫稽留太原卒。官作自有程，舉築諧汝聲。男兒寧當格鬬死，何能怫鬱築長城？長城何連連，連連三千里。邊城多健少，玉臺作「兒」。内舍多寡婦。作書與内舍，便嫁莫留住。善侍新姑嫜，時時念我故夫子。報書往一作「與」。邊地，君今出語一何鄙？身在旤難中，何爲稽留他家子？生男慎莫舉，生女哺用脯。君獨不見長城下，死人骸骨相撑拄。結髮行事君，慊慊心意關。一作「間」。明知邊地苦，賤妾何能久自全？

去病曰：鮑明遠樂府之祖。

○遊覽二首

高會時不娱，羈客難爲心。殷懷從中發，悲感激清音。投觴罷歡坐，逍遥步長林。肅肅山谷風，默默一作「黯黯」。天路陰。惆悵忘旋反，歔欷涕沾襟。一作「巾」。

節運時氣舒，秋風凉且清。閒居心不娱，駕言從友生。翱翔戲長流，逍遥登高城。東望看疇野，迴顧覽園庭。嘉木凋緑葉，芳草纖紅榮。騁哉日月逝，年命將西傾。建功不及時，鍾鼎何所銘？收念還房寢，慷慨詠墳經。庶幾及君在，立德垂功名。

徐幹

字偉長，北海人。爲司空軍謀祭酒掾屬、五官中郎將文學。

○情詩

去病曰：高殿、廣厦，常語也，以爲情詩則佳，非久于離索，豈易知高殿廣厦之爲苦者？

高殿鬱崇崇，廣厦淒泠泠。微風起閨闥，落日照階庭。踟躕雲屋下，笑歌倚華楹。君行殊不返，我飾爲誰榮？鑪薰闔不用，鏡匣上塵生。綺羅失常色，金翠暗無精。嘉肴既忘御，旨酒亦常停。顧瞻空寂寂，唯聞燕雀聲。憂思連相屬，中心如宿酲。

○○室　思

人靡不有初，想君能終之。別來歷年歲，舊恩何可期？重新而忘故，君子所猶譏。寄身雖在遠，豈忘君須臾？既厚不爲薄，想君時見思。

去病曰：以柔婉故情死，五言之縣裏鍼矣。

○襍詩五首

沈陰結愁憂，愁憂爲誰興？念與君相別，各在天一方。良會未有期，中心摧且傷。不聊憂飡食，慊慊常饑空。端坐而無爲，髣髴君容光。

峩峩高山首，悠悠萬里道。君去日已遠，鬱結令人老。人生一世間，忽若暮春草。去病曰：「忽如暮春草」，用意在「暮」字，若「思君如滿月」，意在「滿」字。時不可再得，何爲自愁惱？每誦昔鴻恩，賤軀焉足保？

浮雲何洋洋，願因通我詞。飄飄不可寄，徙倚徒相思。人離皆復會，君獨無返期。自君之出矣，明鏡暗不治。思君如流水，何有窮已時？

去病曰：五首出於十九首，所以不及者，著色多、靈變少耳。然五首自佳。

慘慘時節盡，蘭華凋復零。喟然長歎息，君期慰我情。展轉不能寐，長夜何綿綿。躡履起出户，仰觀三星連。自恨志不遂，泣涕如涌泉。

思君見巾櫛，以益我勞勤。安得鴻鸞羽，覯此心中人。誠心亮不遂，搔首立悁悁。何言一不見，復會無因緣。故然比目魚，今隔如參辰。

○爲挽船士與新娶妻別藝文作「徐幹」，玉臺作「魏文帝」，題云「清河見挽船士新婚與妻別作」。

與君結新婚，宿昔當別離。涼風動秋草，蟋蟀鳴相隨。冽冽寒蟬吟，蟬吟抱枯枝。枯枝時飛揚，身體忽遷移。不悲身遷移，但惜歲月馳。歲月無窮極，會合安可知？願爲雙黄鵠，比翼戲清池。

劉　楨

字公幹，東平人。太祖辟爲丞相掾屬。太子嘗宴諸文學，酒酣，命夫人甄氏出拜，坐中咸伏，楨獨平視。

太祖聞之，乃收治皋，減死輸作署吏。建安二十二年卒。

○公讌詩

永日行遊戲，歡樂猶未央。遺思在玄夜，相與復翱翔。輦車飛素蓋，從者盈路傍。月出照園中，珍木鬱蒼蒼。清川過石渠，流波爲魚防。芙蓉散其華，菡萏溢金塘。靈鳥宿水裔，仁獸遊飛梁。華館寄流波，豁達來風凉。生平未始聞，歌之安能詳？投翰長歎息，綺麗不可忘。

○贈五官中郎將

余嬰沈痼疾，竄身清漳濱。自夏涉玄冬，彌曠十餘旬。常恐游岱宗，不復見故人。所親一何篤，步趾慰我身。清談同日夕，情盼叙憂勤。便復爲别辭，遊車歸西鄰。素葉隨風起，廣路揚埃塵。逝者如流水，哀此遂離分。追問何時會，要我以陽春。望慕結不解，貽爾新詩文。勉哉脩令德，北面自寵珍。

去病曰：都是直序，辭有餘而思不足。

秋日多悲懷，感慨以長歎。終夜不遑寐，叙意於濡翰。明燈曜閨中，清風淒已寒。白露塗前庭，應門重其關。四節相推斥，歲月忽欲殫。壯士遠出征，戎事將獨難。涕泣灑衣裳，能不懷所歡？

涼風吹沙礫，霜氣何皚皚。五來切。明月照緹幕，華燈散炎輝。賦詩連篇章，極夜不知歸。君侯多壯思，文雅縱橫飛。去病曰：可見文生於情，於此悟爲文之法。小臣信頑鹵，僶俛安能追？

〇〇贈徐幹

誰謂相去遠，隔此西掖垣。拘限清切禁，中情無由宣。思子沈心曲，長歎不能言。起坐失次第，一日三四遷。步出北寺門，遥望西苑園。細柳夾道生，方塘含清源。輕葉隨風轉，飛鳥何翻翻。乖人易感動，涕下與衿連。仰視白日光，皦皦高且懸。兼燭八紘内，物類無頗偏。我獨抱深感，不得與比焉。

去病曰：真率有味。讀公幹詩，足以愧彼雕蟲者。

〇贈從弟三首

汎汎東流水，磷磷水中石。蘋藻生其涯，華葉紛擾溺。采之薦宗廟，可以羞嘉客。豈無園中葵，懿此出深澤。

去病曰：不精潔而姸秀者，皆頑艷也。此詩可以藥之。

亭亭山上松，瑟瑟谷中風。風聲一何盛，松枝一何勁。冰霜正慘悽，終歲常端正。豈不罹凝寒，松柏有本性。

鳳凰集南嶽，徘徊孤竹根。於心有不厭，奮翅凌紫氛。豈不常勤苦，羞與黄雀羣。何時當來儀，將須聖明君。

應瑒

字德璉，汝南人，漢泰山太守劭之從子也。魏太祖辟爲丞相掾屬，轉平原侯庶子，後爲五官中郎將文學。建安二十二年卒。

○報趙淑麗 一作「報趙淑嚴」。

朝雲不歸，夕結成陰。離群猶宿，永思長吟。有鳥孤棲，哀鳴北林。嗟我懷矣，感物傷心。

○侍五官中郎將建章臺集詩

朝鴈鳴雲中，音響一何哀。問子遊何鄉，戢翼正徘徊。言我塞門來，將就衡陽棲。往春翔北土，今冬客南淮。遠行蒙霜雪，毛羽日摧頽。常恐傷肌骨，身隕沈黄泥。簡珠墮沙石，何能中自諧？欲因雲雨會，濯翼陵高梯。良遇不可值，伸眉路何階？公子敬愛客，樂飲不知疲。和顔既已暢，乃肯顧細微。贈詩見存慰，小子非所宜。且爲極懽情，不醉其無歸。凡百敬爾位，以副饑渴懷。

○別詩二首

朝雲浮四海，日暮歸故山。行役懷舊土，悲思不能言。悠悠涉千里，未知何時旋。

浩浩長河水，九折東北流。晨夜赴滄海，海流亦何抽。遠適萬里道，歸來未有由。臨河累一作「竟」。太息，五内懷傷憂。

應璩

字休璉，瑒之弟。博學好屬文。明帝時歷官散騎常侍，齊王即位，稍遷侍中、大將軍長史。曹爽多違法度，璩爲詩以諷焉。後爲侍中，典著作。嘉平四年卒。

去病曰：二應翺翔魏室，德璉雅令，休璉古懋，同歸於整飭。

○百一詩

下流不可處，君子慎厥初。名高不宿著，易用受侵誣。前者隳官去，有人適我閭。田家無所有，酌醴焚枯魚。問我何功德，三入承明廬。所占於此土，是謂仁智居。文章不經國，筐篋無尺書。用等稱才學，往往見歎譽。避席跪自陳，賤子實空虛。宋人遇周客，慙媿靡所如。

去病曰：有局。

年命在桑榆，東岳與我期。長短有常會，遲速不得辭。斗酒多爲樂，無爲待來兹。室廣致凝陰，臺高來積陽。奈何季世人，侈靡在宫牆。飾巧無窮極，土木被朱光。徵求傾四海，雅意猶未康。

○雜　詩廣文選作「應瑒」，今依藝文作「應璩」。

細微可不慎，隄潰自蟻穴。一作「隙」。腠理蚤從事，安復勞鍼石？哲人覩未形，愚夫闇明白。曲突不見賓，燋爛爲上客。思願獻良規，江海倘不逆。狂言雖寡善，猶有如雞跖。音隻。

説文：「足下。」淮南子説山訓：「善學者，如齊王之食鷄，必食其跖。」○一作「肋」。雞跖食不已，齊王爲肥澤。

散騎常師友，朝〔一〕夕進規獻。侍中主喉舌，萬機無不亂。尚書統庶事，官人乘法憲。彤管珥納言，貂璫表武弁。出入承明廬，車服一何焕。三寺齊榮秩，百僚所瞻願。

○三　叟

古有行道人，陌上見三叟。年各百餘歲，相與鋤禾莠。住車問三叟，何以得此壽？上叟前致辭，室内嫗貌醜。中叟前致辭，量腹節所受。下叟前致辭，夜卧不覆首。要哉三叟言，所以能長久。

阮　瑀

字元瑜，陳留人。少受學于蔡邕，曹操辟爲司空軍謀祭酒，管記室，後爲倉曹掾屬。建安十七年卒。

○襍　詩

臨川多悲風，秋日苦清凉。客子易爲戚，感一作「對」。此用哀傷。攬衣起躑躅，上觀心與房。三星守故次，明月未收光。雞鳴當何時，朝晨尚未央。還坐長歎息，憂憂安可忘？

繁　欽

字休伯，文才機辨，少得名於汝潁，爲丞相主簿。建安二十三年卒。

○○定情詩

我出東門遊，邂逅承清塵。思君即幽房，侍寢執衣巾。時無桑中契，迫此路側人。我既媚君姿，君亦悦我顔。何以致拳拳，綰臂雙金環。何以致殷勤，約指一雙銀。何以致區區，耳中雙明珠。何以致叩叩，香囊繫肘後。何以致契闊，繞腕雙跳脱。何以結恩情，美玉綴羅纓。何以結中心，素縷連雙鍼。何以結相於，金薄畫搔頭。何以慰別離，耳後瑇瑁釵。何以答歡悦，紈素三條裾。何以結愁悲，白絹雙中衣。與我期何所，乃期東山隅。日旰兮不來，谷風吹我襦。遠望無所見，涕泣起踟躕。與我期何所，乃期山南陽。日中兮不來，飄風吹我裳。逍遥莫誰覩，望君愁我腸。與我期何所，乃期西山側。日夕兮不來，躑躅長歎息。遠望涼風至，俯仰正衣服。與我期何所，乃期山北岑。日暮兮不來，淒風吹我襟。望君不能坐，悲苦愁我心。愛身以何爲，惜我華色時。中情既款款，然後克密期。褰衣躡茂草，謂君不我欺。厠此醜陋質，徙倚無所之。自傷失所欲，淚下如連絲。

去病曰：定情詩盡麗極妍，聽之靡靡，是亦溜於桑濮矣。

杜摯

字德魯，河東人。初署司徒軍謀吏，後舉孝廉，除郎中，轉補校書。

○贈毌丘儉

文章叙録曰：「摯與毌丘儉鄉里相親，故爲詩與儉。」

騏驥馬不試，婆娑槽櫪間。壯士志未伸，坎軻多辛酸。伊摯爲媵臣，吕望身操竿。夷吾困商販，甯戚對牛歎。食其處監門，淮陰飢不餐。買臣老負薪，妻叛呼不還。釋之宦十年，位不增故官。才非八子倫，而與齊其患。無知不在此，袁盎未有言。被此萬病之，榮衛動不安。聞有韓衆藥，信來給一丸。

秦宓

○遠　遊

遠遊何所見，所見邈難紀。巖穴非我鄰，林麓無知己。虎則豹之兄，鷹則鷂之弟。困獸走環岡，飛鳥驚巢起。猛氣何咆廲，陰風起千里。遠遊長太息，太息遠遊子。

去病曰：奇語，才氣亦奇。

焦先

字孝然，河東人也。常食白石，以分與人，熟煮如芋食之。日日入山伐薪以施人。及魏受禪，湄河之濱，結草爲菴，獨止其中。太守董經往視之，不肯語，經益以爲賢。或忽老忽少，後與人别去，不知所適。

○祝䂐歌高士傳。

魏伐吴，有竊問隱士焦先，先不應，謬歌。後魏軍敗，人推其意，牂羊指吴，羖䍽指魏也。

祝䂐祝䂐，非魚非肉，更相追逐。本爲殺牂羊，更殺羖䍽。

去病曰：異人語不得不傳，不獨以其歌也。

嵇康

字叔夜，譙郡銍人。好言老、莊，而尚奇任俠。寓居山陽，家貧，鍛以自給。與魏宗室婚，拜中散大夫。山濤爲吏部，舉康自代，康答書言「不堪流俗」。非薄湯武，大將軍司馬昭聞之而怒。景元三年，以鍾會譖殺之。

○○幽憤詩

晉書曰：東平呂安，服康高致，康友而善之，後安爲兄所枉訴，以事繫獄，辭相證引，遂復收康，康乃作幽憤詩。去病曰：絶非師本，前人曲抒胸臆，字字感切。嵇叔夜一代人龍，此其自訟之言，弗作文字觀可也。

嗟予薄祜，少遭不造。哀煢靡識，越在繦緥。母兄鞠育，有慈無威。恃愛肆姐，子豫反。不訓不師。爰及冠帶，憑寵自放。抗心希古，任其所尚。託好老莊，賤物貴身。志在守樸，養素全真。曰余不敏，好善闇人。子玉之敗，屢增惟塵。大人含弘，藏垢懷恥。民之多僻，政不由己。惟此褊心，顯明臧否。感悟思愆，怛若創痏。于軌反。欲寡其過，謗議沸騰。性不傷物，頻致怨憎。昔慙柳惠，今愧孫登。內負宿心，外恧良朋。仰慕嚴鄭，樂道閒居。與世無營，神氣晏如。咨予不淑，嬰累多虞。匪降自天，寔由頑疎。理弊患結，卒致囹圄。對答鄙訊，縶此幽阻。實耻訟冤，善作「免」。時不我與。雖曰義直，神辱志沮。澡身滄浪，豈云能補？嗈嗈鳴鴈，奮翼北遊。順時而動，得意忘憂。嗟我憤歎，曾莫能儔。事與願違，遘兹淹留。窮達有命，亦又何求？古人有言，善莫近名。奉時恭默，咎悔不生。萬石周慎，安親保榮。世務紛紜，祇攪予情。安樂必誠，乃終利貞。煌煌靈芝，一年三秀。予獨何爲，有志不就。懲難思復，心焉內疚。庶勗將來，無馨無臭。采薇山阿，散髮巖岫。永嘯長吟，頤性養壽。

〇贈秀才入軍十九首選二。〇集云：兄秀才公穆入軍，贈詩。

息徒蘭圃，秣馬華山。流磻平皋，垂綸長川。目送歸鴻，手揮五絃。俯仰自得，游心太玄。嘉彼釣叟，得魚忘筌。郢人逝矣，誰與盡言？

雙鸞匿景曜，戢翼太山崖。抗首漱朝露，晞陽振羽儀。長鳴戲雲中，時下息蘭池。自謂絕塵埃，終始永不虧。何意世多艱，虞人來我疑。雲網塞四區，高羅正參差。奮迅勢不便，六翮無所施。隱姿就長纓，卒爲時所羈。單雄翻孤逝，哀吟傷生離。徘徊戀儔侶，慷慨高山陂。鳥盡良弓藏，謀極身心危。吉凶雖在己，世路多嶮巇。安得反初服，抱玉寶六奇。逍遥遊太清，携手長相隨。

去病曰：有超然遺物之想。話到「鳥盡弓藏」，即爲刻著矣。

〇〇酒會詩七首選一

樂哉苑中遊，周覽無窮已。百卉吐芳華，崇基邈高跱。林木紛交錯，玄池戲魴鯉。輕丸斃翔禽，纖綸出鱣鮪。坐中發美讚，異氣同音軌。臨川獻清酤，微歌發皓齒。素琴揮雅操，清聲隨風起。斯會豈不樂，恨無東野子。酒中念幽人，守故彌終始。但當體七絃，寄心在知己。

去病曰：自然不羁，出世之語。

○褉　詩

微風清扇，雲氣四除。皎皎亮月，麗于高隅。興命公子，攜手同車。龍驤翼翼，揚鑣踟蹰。肅肅宵征，造我友廬。光燈吐輝，華幔長舒。鸞觴酌醴，神鼎烹魚。絃超子野，歎過綿駒。流詠太素，俯讚玄虛。孰克英賢，與爾剖符。

○答二郭三首

天下悠悠者，下京趨上京。二郭懷不羣，超然來北征。樂道託萊廬，雅志無所營。良時遘其願，遂結歡愛情。君子義是親，恩好篤平生。寡志自生災，屢使衆釁成。豫子一作「讓」。匿梁側，聶政變其形。顧此懷怛惕，慮在苟自寧。今當寄他域，嚴駕不得停。本圖終宴婉，今更不克并。二子贈嘉詩，馥如幽蘭馨。戀土思所親，不知氣憤盈。

去病曰：中散詩率然遐瀸，無文士鬬工拙之態，故其高致也。

昔蒙父兄祚，少得離負荷。因疏遂成懶，寢蹟北山阿。但願養性命，終已靡有他。良辰不我期，當年值紛華。坎壈趣世務，常恐嬰網羅。羲農邈已遠，拊膺獨咨嗟。朔戒貴尚容，漁父好揚波。雖逸亦已難，非余心所嘉。豈若翔區外，餐瓊漱朝霞。遺物棄鄙累，逍遥遊太和。結友集靈嶽，彈琴登清歌。有能從我者，古人豈足多。

詳觀凌世務，屯險多憂虞。施報更相市，大道匿不舒。夷路值枳棘，安步將焉如？權智相傾奪，名位不可居。鸞鳳避罻羅，遠託崑崙墟。莊周悼靈龜，越稷一作「稷」。嗟王輿。至人存諸己，隱璞樂玄虛。功名何足殉，乃欲列簡書。所好亮若兹，楊氏歎交衢。去去從所志，敢謝道不俱。

阮籍

字嗣宗，陳留尉氏人，司空記室瑀之子。容貌瓌傑，志氣宏放。初辟太尉掾，進散騎常侍。大將軍司馬昭欲爲其子炎求婚，籍乃醉六十日，不得言而止。後引爲從事中郎。籍聞步兵厨多美酒，遂求爲步兵校尉，縱酒昏酣，遺落世事。又對人能爲青白眼，由是禮法之士深所讐疾。大將軍常保持之。○詩品曰：阮籍詩，其源出於小雅，無雕蟲之功，而詠懷之作，可以陶性靈，發幽思，言風雅，使人忘其鄙近，自致遠大。頗多感慨之詞，厥旨淵放，歸趣難求。顔延之注解，怯言其志。

○去病曰：確論。

詠懷八十二首選四十三

去病曰：阮嗣宗詠懷詩，動定無方，如春雲出岫，折旋隨風，不可踪迹矣。嗣宗之人，人中之龍也；嗣宗之詩，詩中之龍也。詩亡之後，至漢魏再起，漢魏之詩，必以蘇、李、十九首、子建、阮公爲至，何者？風雅之道，非至静無以融其旨，非至遠無以定其情也。失之急厲與妍緩，則怨者也，亂者也，哀而淫者也，俱非詩之正也。唐人作者雲湧，唯青蓮居士續其遺響，而阮公深遠矣。追嗣前人，予則何敢？違棄前人，又敢乎哉！漢魏人物，如孔北海，人中之虎也；阮步兵，人中之龍也。虎豈非英雄？性能食人，亦終爲人所食；龍則雲霄可，泥塗可，糞溷穢壤可，變詭出没，世豈得而豢之也哉？

〇〇二妃遊江濱，逍遥順風翔。交甫懷環佩，婉孌有芬芳。猗靡情歡愛，千載不相忘。傾城迷下蔡，容好結中腸。感激生憂思，萱草樹蘭房。膏沐爲誰施，其雨怨朝陽。如何金石交，一旦更離傷。

〇〇嘉樹下成蹊，東園桃與李。秋風吹飛藿，零落從此始。繁華有憔悴，堂上生荆杞。驅馬舍之去，去上西山趾。一身不自保，何况戀妻子。凝霜被野草，歲暮亦云已。

〇〇天馬出西北，由來從東道。春秋非有託，富貴焉常保？清露被皋蘭，凝霜霑野草。

朝爲媚少年，夕暮成醜老。自非王子晋，誰能常美好？

○○平生少年時，輕薄好弦歌。西遊咸陽中，趙李相經過。娛樂未終極，白日忽蹉跎。驅馬復來歸，反顧望三河。黄金百鎰盡，資用常苦多。北臨太行道，失路將如何？

○○昔聞東陵瓜，近在青門外。連畛距阡陌，子母相鉤帶。五色曜朝日，嘉賓四面會。膏火自煎熬，多財爲患害。布衣可終身，寵禄豈足賴？

○○灼灼西隤日，餘光照我衣。迴風吹四壁，寒鳥相因依。周周尚銜羽，蛩蛩亦念饑。如何當路子，磬折忘所歸。豈爲夸譽名，憔悴使心悲。寧與燕雀翔，不隨黄鵠飛。黄鵠遊四海，中路將安歸？

○步出上東門，北望首陽岑。下有采薇士，上有嘉樹林。去病曰：下、上二語安得不測？良辰在何許，凝霜霑衣襟。寒風振山岡，玄雲起重陰。鳴鴈飛南征，鶗鴂發哀音。素質游商聲，悽愴傷我心。

○北里多奇舞，濮上有微音。輕薄閒遊子，俯仰乍浮沈。捷徑從狹路，僶俛趨荒淫。焉見王子喬，乘雲翔鄧林。獨有延年術，可以五臣作「用」。慰我心。

○湛湛長江水，上有楓樹林。皋蘭被徑路，青驪逝駸駸。遠望令人悲，春氣感我心。三楚多秀士，朝雲進荒淫。朱華振芬芳，高蔡相追尋。一爲黄雀哀，淚下誰能禁？

○○昔日繁華子，安陵與龍陽。夭夭桃李花，灼灼有輝光。悅懌若九春，磬折似秋霜。流盼發姿媚，言笑吐芬芳。携手等歡愛，宿昔同衣裳。願爲雙飛鳥，比翼共翱翔。丹青著明誓，永世不相忘。

去病曰：此詩之妙，只説他好處，更不及敗。興語疾惡之深，反有似於欣艷者，所以微文刺譏，紹術風雅也。且繁華子多矣，都無稱舉，獨舉安陵、龍陽，非睥睨侮世而何？

○登高臨四野，北望青山阿。松柏翳岡岑，飛鳥鳴相過。感慨懷辛酸，怨毒常苦多。李公悲東門，蘇子狹三河。求仁自得仁，豈復歎咨嗟？

○開秋兆涼氣，蟋蟀鳴牀帷。感物懷殷憂，悄悄令心悲。多言焉所告，繁辭將訴誰？微風吹羅袂，明月耀清暉。晨雞鳴高樹，命駕起旋歸。

○昔年十四五，志尚好書詩[二]。被褐懷珠玉，顔閔相與期。開軒臨四野，登高望所思。丘墓蔽山岡，萬代集一作「世」。同一時。千秋萬歲後，榮名安所之？乃悟羨門子，噭噭令自嗤。

○○徘徊蓬池上，還顧望大梁。緑水揚洪波，曠野莽茫茫。走獸交横馳，飛鳥相隨翔。是時鶉火中，日月正相望。朔風厲嚴寒，陰氣下微霜。羈旅無儔匹，俛仰懷哀傷。小人計其功，君子道其常。豈惜終憔悴，詠言著斯章。

○獨坐空堂上，誰可與歡者？出門臨永路，不見行車馬。登高望九州，悠悠分曠野。孤鳥西北飛，離獸東南下。日暮思親友，晤言用自寫。

○懸車在西南，羲和將欲傾。流光耀四海，忽忽至夕冥。朝爲咸池暉，蒙汜受其榮。豈知集作「放」。窮達士，一死不再生。視彼桃李花，誰能久熒熒？君子在何許？歎息集作「曠世」。未合并。瞻仰景山松，可以慰我情。

○○西方有佳人，皎若白日光。被服纖羅衣，左右珮雙璜。脩容耀姿美，順風振微芳。登高眺所思，舉袂當朝陽。寄顏雲霄間，揮袖淩虛翔。飄颻恍惚中，流眄顧我傍。悅懌未交接，晤言用感傷。

○○楊朱泣歧路，墨子悲染絲。揖讓長離別，飄颻難與期。豈徒燕婉情，存亡誠有之。蕭索人所悲，旤釁不可辭。趙女媚中山，謙柔愈見欺。嗟嗟塗上士，何用自保持？

○於心懷寸陰，羲陽將欲冥。揮袂撫長劍，仰觀浮雲征。雲間有玄鶴，抗志揚哀聲。一飛冲青天，曠世不再鳴。豈與鶉鷃遊，連翩戲中庭。

○夏后乘靈輿，夸父爲鄧林。存亡從變化，日月有浮沈。鳳皇鳴參差，伶倫發其音。王子好簫管，世世相追尋。誰言不可見，青鳥明我心。

○拔劍臨白刃，安能相中傷？但畏工言子，稱我三江旁。飛泉流玉山，懸車棲扶桑。日月徑千里，素風發微霜。勢外編作「世」。路有窮達，咨嗟安可長？

○朝登洪坡顛，日夕望西山。荆棘被原野，群鳥飛翩翩。鸞鷖時集作「特」。棲宿，性命有自然。建木誰能近，射干復嬋娟。不見林中葛，延蔓相勾連。

○周鄭天下交，街術當三河。妖冶閒都子，焕燿何芬葩。玄髮發一作「照」。朱顔，睇眄有光華。傾城思一顧，遺視來相誇。初學作「過」。願爲三春遊，朝陽忽蹉跎。盛衰在須臾，離别將如何？

○昔余遊大梁，登于黄華顛。共工宅玄冥，高臺造青天。幽荒邈悠悠，悽愴懷所憐。所憐者誰子，明察自照妍。一作「應自然」。應龍沈冀州，妖女不得眠。肆侈一作「佞」。陵世俗，豈云永厥年。

○駕言發魏都，南向望吹臺。簫管有遺音，梁王安在哉？戰士食糟糠，賢者處蒿萊。歌舞曲未終，秦兵已復來。夾林非吾有，朱宫生塵埃。軍敗華陽下，身竟爲土灰。

○朝陽不再盛，白日忽西幽。去此若俯仰，如何似九秋。人生若塵露，天道邈悠悠。齊景升丘山，涕泗紛交流。孔聖臨長川，惜逝忽若浮。去者余不及，來者吾不留。願登太華山，上與松子遊。漁父知世患，乘流泛輕舟。

○炎光延萬里，洪川蕩湍瀨。彎弓掛扶桑，長劒倚天外。泰山成砥礪，黄河爲裳帶。視彼莊周子，榮枯何足賴？ 捐身棄中野，烏鳶作患害。 豈若雄傑士，功名從此大。

○鴻鵠相隨飛，飛飛適荒裔。 雙翮臨長風，須臾萬里逝。 朝餐琅玕實，夕宿丹山際。 抗身青雲中，網羅孰能制？ 豈與鄉曲士，攜手共言誓。從藝文定正。

○步遊三衢旁，惆悵念所思。 豈爲今朝見，恍惚誠有之。 澤中生喬松，萬世未一作「安」。可期。 高鳥摩天飛，淩雲共遊嬉。 豈有孤行士，垂涕悲故時。

○十日出暘谷，弭節馳萬里。 經天耀四海，倏忽潛濛汜。 誰言焱炎久，遊没河行俟。 逝者豈長生，亦去荊與杞。 千歲猶崇朝，一餐聊自已。一作「百金子」。 是非得失間，焉足相譏理？ 計利知術窮，哀情遽一作「克」。能止。

○人言願延年，延年欲焉之？ 黃鵠呼子安，千秋未可期。 獨坐山嵓中，惻愴懷所思。 王子一何好，猗靡相攜持。 悦懌猶今辰，計校在一時。 置此明朝事，日夕將見欺。今本作「潛見安能處，山巖在一時。 置此明朝事，日夕將見欺」。

○王子十五年，遊衍伊洛濱。 朱顔茂春華，辯慧懷清真。 焉見浮丘公，舉手謝時人。 輕蕩易恍惚，飄颻棄其身。 飛飛鳴且翔，揮翼且酸辛。

○塞一作「寒」。門不可出，海水焉可浮？ 朱明不相見，奄昧獨無侯。 持瓜思東陵，黃雀誠獨羞。 失勢在須臾，帶劒上吾丘。 悼彼桑林子，涕下自交流。 假乘汧渭間，鞍馬去行遊。

○洪生資制度，被服正有常。尊卑設次序，事物齊紀綱。容飾整顔色，磬折執圭璋。堂上置玄酒，室中盛稻粱。外厲貞素談，户内滅芬芳。放口從衷出，復説道義方。委曲周旋儀，姿態愁我腸。

○北臨乾昧谿，西行遊少任。遥顧望天津，駘蕩樂我心。綺靡存亡門，一遊不再尋。儻遇晨風鳥，飛駕出南一作「東」。林。漭瀁瑶光中，忽忽肆荒淫。休息晏清都，超世又誰禁？一作「起坐復誰禁」。

○人知結交易，交友誠獨難。險路多疑惑，明珠未可干。彼求饗太牢，我欲并一餐。損益生怨毒，咄咄復何言。

○有悲則有情，無悲亦無思。集作「無情亦無悲」。苟非嬰網罟，何必萬里畿？翔風拂重霄，慶雲招所晞。灰心寄枯宅，曷顧人間姿？始集作「曲」。得忘我難，焉知嘿自遺？

○木槿榮丘墓，煌煌有光色。白日頹林中，翩翩零路側。蟋蟀吟户牖，蟪蛄鳴荆棘。蜉蝣玩三朝，采采脩羽翼。衣裳爲誰施，俛仰自收拭。生命幾何時，慷慨各努力。

○咄嗟行至老，僶俛常苦憂。臨川羡洪波，同始異支流。百年何足言，但苦怨與讎。讎怨者誰子，耳目還相羞。聲色爲胡越，人情自逼遒。招彼玄通士，去來歸羡遊。

去病曰：憮然可感。老冉冉其將至，痛脩名之不立，聖賢所感嘆者止此耳。所以超然不死者如何？志士仁人安得尚緩其鞭策也？

〇昔有神仙士，乃處射山阿。乘雲御飛龍，噓噏嘰音機，小食也。瓊華。可聞不可見，慷慨歎咨嗟。自傷非儔類，愁苦來相加。下學而上達，忽忽將如何？

〇林中有奇鳥，自言是鳳凰。清朝飲醴泉，日夕棲山岡。高鳴徹九州，延頸望八荒。適逢商風起，羽翼自摧藏。一去崑崙西，何時復迴翔？但恨處非位，愴恨使心傷。

〇出門望佳人，佳人豈在茲？三山招松喬，萬世誰與期？存亡一作「日」。有長短，慷慨將焉知？忽忽朝日隤，行行將何之？不見季秋草，摧折在今時。

〇墓前熒熒者，木槿耀朱華。榮好未終朝，連飈隕其葩。豈若西山草，琅玕與丹禾。垂影臨增城，餘光照九阿。寧微少年子，日久難咨嗟。

歌二首見大人先生傳，拾遺作「寄懷歌」。

〇采薪者歌

日没不周西，月出丹淵中。陽精蔽不見，陰光代爲雄。亭亭在須臾，厭厭將復隆。離合雲霧兮，往來如飄風。富貴俯仰間，貧賤何必終？留侯起亡虜，威武赫荒夷。邵平封東陵，一旦爲布衣。枝葉托根柢，死生同盛衰。得志從命升，失勢與時隤。寒暑代征邁，變化更相推。禍福無常主，何憂身無歸？推兹由斯理，負薪又何哀？

○○大人先生歌

天地解兮六合開，星辰隕兮日月頽，我騰而上將何懷？

吴

孫　皓

字元宗，一名彭祖，大皇帝孫也。景帝崩，皓嗣位，爲晋所滅，封歸命侯。

○爾汝歌

世説新語曰：晋武帝問孫皓：「聞南人好作爾汝歌，頗能爲不？」皓正飲酒，因舉觴勸帝，歌云云，帝悔之。

昔與汝爲鄰，今與汝爲臣。上汝一杯酒，令汝壽萬春。一作「願汝壽千春」。

〇孫皓初童謡 文選補遺作「揚州歌」。

晋書五行志曰：「吴孫皓初童謡。」按皓尋遷都武昌，民泝流供給，咸怨毒焉。

寧飲建鄴水，不食武昌魚。寧還建業死，不止武昌居。

〇吴　謡

吴志曰：周瑜少精意於音樂，雖三爵之後，其有闕誤，瑜必知之，知之必顧，故時人謡云。

曲有一作「復」。誤，周郎顧。

晋

司馬懿

字仲達，河内温縣人。仕魏，歷事武帝、文帝、明帝，後輔齊王，爲太傅、相國，封公。孫炎受魏禪，追尊爲宣帝，廟號高祖。

〇〇讌飲歌

晉書曰：高祖伐公孫淵，過温，見父老故舊，讌飲累日，悵然有感，爲歌曰。

天地開闢，日月重光。遭逢際會，奉辭遐方。將掃逋史作「羣」。穢，還過故鄉。肅清萬里，總齊八荒。告成歸老，待罪武陽。

去病曰：大道相出於謙雅，鍾伯敬稱其人之狠，不無見也。

荀　勗

字公曾，潁川人。初辟大將軍曹爽掾，武帝受禪，封濟北郡公，領著作秘書監。太康中遷尚書令。

〇從武帝華林園宴二章〇初學記作荀勗從武帝華林園，藝文類聚逸勗名，後人遂以爲武帝詩，誤也。

習習春陽，帝出乎震。叶平聲。天施地生，以應仲春。思文聖皇，順時秉仁。欽若靈則，飲御嘉賓。洪恩普暢，慶乃衆臣。

其慶惟何，錫以帝祉。肆覲羣后，有客戾止。外納要荒，内延卿士。簫管詠德，八音咸理。凱樂飲酒，莫不宴喜。

○○三月三日從華林園

清節中季春，姑洗通滯塞。玉輅扶渌池，臨川蕩苛慝。

去病曰：五言四句之極古雅者。

張　華

字茂先，范陽人。晋武帝受禪，以爲黄門侍郎，贊伐吴有功，封廣武侯，遷尚書，後進爲侍中、中書監，盡忠匡輔，加封公。元康六年，拜司空，與趙王倫、孫秀有隙，爲倫、秀所害。○詩品云：張華詩，其源出於王粲，其體華艷，興託不奇，雖名高曩代，而疎亮之士猶恨其兒女情多、風雲氣少。謝康樂云：張公雖復千篇，猶一體耳。

○情詩五首

清風動帷簾，晨月照五臣作「燭」。幽房。佳人處遐遠，蘭室無容光。襟懷擁虚景，輕衾覆空牀。居歡惜夜促，在戚怨宵長。拊五臣作「撫」。枕獨嘯歎，感慨心内傷。

游目四野外，逍遥獨延佇。蘭蕙緣清渠，繁華蔭緑渚。佳人不在兹，取此欲誰與？巢居知風寒，穴處識陰雨。不曾遠别離，安知慕儔侣？

北方有佳人，端坐鼓鳴琴。終晨撫管絃，日夕不成音。憂來結不解，我思存所欽。君子尋時役，幽妾懷苦心。初爲三載別，於今久滯淫。昔邪生户牖，庭内自成陰。翔鳥鳴翠偶，草蟲相和吟。心悲易感激，俛仰淚流衿。願託晨風翼，束帶侍衣衾。

明月曜清景，曨光照玄墀。幽人守静夜，迴身入空帷。束帶俟將朝，廓落晨星稀。寐假交精爽，覿我佳人姿。巧笑媚權一作「權」。靨，聯娟眸與眉。寤言增長歎，悽然心獨悲。

君居北海陽，妾在江南陰。懸邈極脩途，一作「脩途遠」。山川阻且深。承懽注隆愛，結分投所欽。銜恩一作「思」。篤守義，萬里託微心。

傅　玄

字休奕，北地泥陽人。博學善屬文，舉秀才。晉王時爲常侍，及受禪，進爵爲子。武帝初，置諫官，以玄爲之，遷侍中，轉司隸校尉，免官，卒於家。追封清泉侯，謚曰剛。

○明月篇藝文作「怨詩」，一作「朗月篇」。

皎皎明月光，灼灼朝日暉。昔爲春蠶絲，今爲秋女衣。丹脣列素齒，翠彩發蛾眉。嬌子多好言，歡合易爲姿。玉顔盛有時，秀色隨年衰。常恐新間舊，變故興細微。浮萍本無根，一作「浮萍無根本」。非水將何依？憂喜更相接，樂極還自悲。

○吳楚歌 一曰「燕人美篇」。

燕人美兮趙女佳，其室則邇兮限層崖。雲爲車兮風爲馬，玉在山兮蘭在野。雲無期兮風有止，思多端兮誰能理？ 一作「思心多端誰能理」。

○西長安行

所思兮何在，乃在西長安。何用存問妾，香橙雙珠環。何用重存問，羽爵翠琅玕。今我兮問君，更有兮異心。香亦不可燒，環亦不可沈。香燒日有歇，環沈日自深。

○○車遙遙篇 樂府作車轂，梁人。

車遙遙兮馬洋洋，追思君兮不可忘。君安遊兮西入秦，願爲影兮隨君身。君在陰兮影不見，君依光兮妾所願。

去病曰：造意甚巧。

○昔思君

昔君與我兮形影潛結，今君與我兮雲飛雨絕。昔君與我兮音響相和，今君與我兮落葉去柯。昔君與我兮金石無虧，今君與我兮星滅光離。

○雜　言一作「雷」。

雷隱隱，感妾心，傾耳清聽非車音。一無「清」字。

○雲　歌

白雲翩翩翔天庭，流景髣髴非君形。白雲飄飄，捨我高翔。青雲徘徊，爲我愁腸。

杜　育

字方叔，襄城鄧陵人。幼號神童，及長，美風姿，有才藻，時人號曰杜聖。累遷國子祭酒，洛陽將没，死于難。

○贈摯仲治詩

之子於歸，言秣其駒。矧乃斯人，乃邁乃徂。雖非顯甫，餞彼百壺。雖非張仲，將膾河魚。人亦有言，貴在同音。雖曰翻飛，曾未異林。顧戀同枝，增其慨心。望爾不遐，無金玉音。

去病曰：是一首古詩類語也，亦佳。

劉　伶

字伯倫，沛國人也。肆意放蕩，悠焉獨暢。武帝泰始初對策，盛言無爲之化，以無用罷，竟以壽終。

○○北芒客舍詩

泱漭望舒隱，黤黮玄夜陰。寒雞思天曙，擁翅吹長音。蚊蚋歸豐草，枯葉散蕭林。陳醴發悴顔，巴歈暢真心。緼被終不曉，斯歎信難任。何以除斯歎，付之與瑟琴。長笛響中夕，聞此消胸襟。

束　晳

字廣微，陽平元城人，漢疏廣之後。博學多聞，性沈退，不慕榮利，爲王戎、張華輩所辟用，轉著作郎、博士，遷尚書郎。趙王倫爲相，請爲記室，晳辭疾，罷歸。

○白　華

白華，孝子之潔白也。

白華朱萼，被於幽薄。粲粲門子，如磨如錯。終晨三省，匪惰其恪。白華絳趺，在陵之陬。

蒨蒨士子，涅而不渝。竭誠盡敬，亹亹忘劬。白華玄足，在丘之曲。堂堂處子，無營無欲。鮮侔晨葩，莫之點玷同。辱。

陸機

字士衡，吴郡人，大司馬抗之子也。領父兵，爲牙門將。吴亡入洛，太傅楊駿辟爲祭酒，累遷太子洗馬、著作郎，出補吴王郎中令，入爲尚書郎。趙王倫輔政，引爲參軍。太安初，成都王穎等起兵討長沙王乂，假機後將軍、河北大都督。因戰敗績，爲穎所害。

樂府

○燕歌行

四時代序逝不追，寒風習習落葉飛。蟋蟀在堂露盈墀，一作「堦」。念君客一作「遠」。遊常苦悲。君何緬然久不歸，賤妾悠悠心無違。白日既没明燈輝，夜一作「寒」。禽赴林匹鳥棲。雙鳩關關宿河湄，憂來感物涕不晞。非君之念思爲誰，别日何早會何遲。

○贈尚書郎顧彦先二首選一

大火貞朱光，積陽熙自南。望舒離金虎，屏翳吐重陰。凄風迕時序，苦雨遂成霖。朝游忘輕羽，夕息憶重衾。感物百憂生，纏綿自相尋。與子隔蕭墻，蕭牆阻且深。形影曠不接，所託聲與音。音聲日夜闊，何用慰吾心？

○爲周夫人贈車騎外編作陸雲者，非。

碎碎織細練，爲君作縟繻。君行豈有顧，憶君是妾夫。昔者得君書，聞君在高平。今時得君書，聞君在京城。京城華麗所，璀璨多異人。男兒多遠志，豈知妾念君？昔者與君别，歲律薄將暮。日月一何速，素秋墜湛露。湛露何冉冉，思君歲隨晚。對食不能飡，臨觴不能飯。

○赴洛道中作二首

總轡登長路，嗚咽辭密親。借問子何之，世網嬰我身。永歎遵北渚，遺思結南津。行行遂已遠，野途曠無人。山澤紛紆餘，林薄杳阡眠。虎嘯深谷底，雞鳴高樹巔。哀風中夜流，孤獸更我前。悲情觸物感，沈思鬱纏綿。佇立望故鄉，顧影悽自憐。遠遊越山川，山川脩且廣。振策陟崇丘，安轡遵平莽。夕息抱影寐，朝徂銜思往。頓轡倚高巖，側聽悲風響。清露墜素輝，明月一何朗。撫枕不能寐，振衣獨長想。

○吴王郎中時從梁陳作

在昔蒙嘉運，矯迹入崇賢。假翼鳴鳳條，濯足升龍淵。玄冕無醜士，冶服使我妍。輕劍拂鞶厲，五臣作「礪」。長纓麗且鮮。誰謂伏事淺，契闊踰三年。薄言肅後命，改服就藩臣。夙駕尋清軌，遠遊越梁陳。感物多遠念，慷慨懷古人。

陸　雲

字士龍，少與兄機齊名。吴平入洛，刺史周浚召爲從事公府掾、太子舍人，出補浚儀令。後拜吴王晏郎中令，成都王穎表爲清河内史，屢以正言忤旨。機敗，并爲穎所害。

○答兄平原

悠悠塗可極，别促怨會長。銜思善作「恩」。戀行邁，興言在臨觴。南津有絶濟，北渚無河梁。神往同逝感，形留悲參商。銜軌著殊迹，牽牛非服箱。

○○爲顧彦先贈婦往返四首

我在三川陽，子居五湖陰。山海一何曠，譬彼飛與沈。目想清慧姿，耳存淑媚音。獨寐多遠念，寤言撫空衿。彼美同懷子，非爾誰爲心。

去病曰：往。○相思中有理之談，亦可作悼亡詩。

悠悠君行邁，煢煢妾獨止。山河安可踰，永路隔萬里。京室多妖冶，粲粲都人子。雅步擢纖腰，巧言發皓齒。佳麗良可美，衰賤焉足紀？去病曰：狠駡。遠蒙眷顧言，銜恩非望始。

去病曰：返。○步之工見於腰嬝，那摇曳可想也，非細心人見不及此。

翩翩飛蓬征，郁郁寒水縈。遊止固殊性，浮沈豈一情。隆愛結在昔，信誓貫三靈。秉心金石固，豈從時俗傾。美目逝不顧，纖腰徒盈盈。何用結中欵，仰指北辰星。

去病曰：再往。○發呪唯此一著。

浮海難爲水，游林難爲觀。容色貴及時，朝華忌日晏。皎皎彼姝子，灼灼懷春粲。西城善雅舞，總章饒清彈。鳴簧發丹唇，朱絃繞素腕。輕裾猶電揮，雙袂如霧散。華容溢藻幄，哀響入雲漢。知音世所希，非君誰能讚？棄置北辰星，問此玄龍焕。時暮復何言，華落理必賤。

去病曰：再返。○狠駡，尖酸甚，刻毒甚。陸生于此道大有工夫，非杜撰者。代夫之言，終不若爲婦答之理足。謂道學必在頭巾者，豈其然？二陸才名，千古吠聲，但足供人瞌睡耳。讀至此，乃得一大放眼光也。

潘岳

字安仁，滎陽中牟人。美姿儀，善屬文，清綺絶世。舉秀才爲郎，遷河陽、懷二縣令，入補尚書郎，累遷給事、黄門侍郎。素與孫秀有隙，及趙王倫輔政，秀遂誣岳與石崇爲亂，誅之。○謝琨云：潘詩爛若舒錦，無處不佳；陸文似披沙簡金，往往見寶。

○關中詩十六章

惠帝元康六年，氐賊齊萬年與楊茂於關中反亂，既平，帝命諸臣作關中詩。

於皇時五臣作「乃」。晋，受命既固。三祖在天，聖皇紹祚。德博化光，刑簡枉錯。微火不戒，延我寶庫。

蠢爾戎狄，狡焉思肆。虞我國眚，窺我利器。嶽牧慮殊，威懷理二。將無專策，兵不素肄。

翹翹趙王，請徒三萬。朝議惟疑，未逞斯願。桓桓〔三〕梁征，高牙乃建。旗蓋相望，偏師作援。

虎視眈眈，威彼好時。素甲日耀，玄幕雲起。誰其繼之，夏侯卿士。惟系惟處，別營棊跱。

夫豈無謀，戎士承平。守有完郛，戰無全兵。鋒交卒奔，孰免孟明。飛檄秦郊，告敗上京。
周殉師令，身膏氏斧。人之云亡，貞節克舉。盧播違命，投畀朔土。爲法受惡，誰謂荼苦？
哀此黎元，無罪無辜。肝腦塗地，白骨交衢。夫行妻寡，父出子孤。俾我晋民，化爲狄俘。
亂離斯瘼，日月其稔。天子是矜，旰食宴寢。主憂臣勞，孰不祗懍？愧無獻納，尸素以甚。
皇赫斯怒，爰整精鋭。命彼上谷，指日遄逝。親奉成規，稜威遐厲。首陷中亭，揚聲萬計。
兵固詭道，先聲後寔。聞之有司，以萬爲一。紂之不善，我未之必。虚畠湳德，繆彰甲吉。
雍門不啓，陳汧危偪。觀遂虎奮，感恩輸力。重圍克解，危城載色。五臣作「邑」。豈曰無過，功亦不測。
情固萬端，于何不有。紛紜齊萬，亦孔之醜。曰納其降，曰梟其首。疇真可掩，孰僞可久？
既徵爾辭，既蔽爾訟。當乃明實，否則證空。好爵既五臣作「自」。靡，顯戮亦從。不見竇林，伏尸漢邦。
周人之詩，寔曰采薇。北難玁狁，西患昆夷。以古况今，何足曜威？徒愍斯民，我心傷悲。

斯民如何，荼毒于秦。師旅既加，饑饉是因。疫癘淫行，荆棘成榛。絳陽之粟，浮于渭濱。明明天子，視民如傷。申命羣司，保爾封疆。靡暴于衆，無陵于彊。惴惴寡弱，如熙春陽。

○爲賈謐作贈陸機十一章選一

欲崇其高，必重其層。立德之柄，莫匪安善作「宣」。恒。在南稱甘，度北則橙。崇子鋒穎，不頹不崩。

○家風詩

綰髮綰髮，髮亦鬢止。日祇日祇，敬亦慎止。去病曰：不腐。靡專靡有，受之父母。鳴鶴匪和，析薪弗荷。隱憂孔疚，我堂靡構。義方既訓，家道穎穎。豈敢荒寧，一日三省。

○金谷集作詩

王生和鼎實，石子鎮海沂。親友各言邁，中心悵有違。何以叙離思，攜手游郊畿。朝發晋京陽，夕次金谷湄。迴溪縈曲阻，峻阪路威夷。緑池泛淡淡，青柳何依依。濫泉龍鱗瀾，一作

「淵」。激波連珠揮。前庭樹沙棠，後園植烏椑。靈囿繁石善作「若」。榴，茂林列芳梨。飲至臨華沼，遷坐登隆坻。玄醴染朱顏，但愬杯行遲。揚桴撫靈鼓，簫管清且悲。春榮誰不慕，五臣作「耀」。歲寒良獨希。投分寄石友，白首同所歸。

○河陽縣作二首

微身輕蟬翼，弱冠忝嘉招。在疚妨賢路，再升上宰朝。猥荷公叔舉，連五臣作「違」。陪厠王寮。長嘯歸東山，擁耒耨時苗。幽谷茂纖葛，峻巖敷榮條。落英隕林趾，飛莖秀陵喬。卑高亦何常，升降在一朝。徒恨良時泰，小人道遂消。譬如野田蓬，斡流隨風飄。昔倦都邑游，今掌河朔徭。登城眷南顧，凱風揚微綃。洪流何浩蕩，脩芒鬱岧嶤。誰謂晋京遠，室邇身實遼。誰謂邑宰輕，令名患不劭。人生天地間，百年孰能要？頍五臣作「㰵」。如槁五臣作「敲」。石火，瞥若截道飈。齊都無遺聲，桐鄉有餘謡。福謙在純約，害盈由矜驕。雖無君人德，視民庶不恌。

日夕陰雲起，登城望洪河。川氣冒山嶺，驚湍激巖阿。歸雁暎蘭時，五臣作「诗」。游魚動圓波。鳴蟬厲寒音，時菊耀秋華。引領望京室，南路在伐柯。大厦五臣作「夏」。緬無覿，崇芒鬱嵯峨。總總都邑人，擾擾俗化訛。依水類浮萍，寄松似懸蘿。朱博糾舒慢，楚風被琅邪。曲蓬何以直，託身依叢麻。黔黎竟何常，政成在民和。位同單父邑，愧無子賤歌。豈敢陋微官，但恐忝所荷。

○在懷縣作二首

去病曰：潘安仁古秀有真鑒，其品在陳思、王粲之間，千載以下，猥與陸機仝稱，信耳不信目，可勝道哉？

南陸迎脩景，朱明送末垂。初伏啓新節，隆暑方赫曦。朝想慶雲興，夕遲白日移。揮汗辭中宇，登城臨清池。涼飈自遠集，輕襟隨風吹。靈圃耀華果，通衢列高椅。瓜瓞蔓長苞，薑芋紛廣畦。稻栽肅芊芊，黍苗何離離。虛薄乏時用，位微名日卑。驅役宰兩邑，政績竟無施。自我違京輦，四載迄于斯。器非廊廟姿，屢出固其宜。徒懷越鳥志，眷戀想南枝。

春秋代遷逝，四運紛可喜。寵辱易不驚，戀本難爲思。我來冰未泮，時暑忽隆熾。感此還期淹，歎彼年往駛。登城望郊甸，游目歷朝寺。小國寡民務，終日寂無事。白水過庭激，緑槐夾門植。信美非吾土，祇攪懷歸志。眷然顧鞏洛，山川邈離異。願言旋舊鄉，畏此簡書忌。祇奉社稷守，恪居處職司。

○内顧詩二首廣文選作潘尼者，非。

静居懷所歡，登城望四澤。春草鬱青青，桑柘何奕奕。芳林振朱榮，淥水激素石。初征冰未泮，忽焉振絺綌。漫漫三千里，迢迢遠行客。馳情戀朱顔，寸陰過盈尺。夜愁極清晨，朝悲終日夕。山川信悠永，願言良弗獲。引領訊歸期，沈思不可釋。

獨悲安所慕，人生若朝露。綿邈寄絶域，眷戀想平素。爾情既來追，我心亦還顧。形體隔不達，精爽交中路。不見山下松，隆冬不易故。不見澗邊柏，歲寒守一度。無謂希見疎，在遠分彌固。

○悼亡詩三首

荏苒冬春謝，寒暑忽流易。之子歸窮泉，重壤永幽隔。私懷誰克從，淹留亦何益？僶俛恭朝命，迴心反初役。望廬思其人，入室想所歷。幃屏無髣髴，翰墨有餘跡。流芳未及歇，遺挂猶在壁。悵怳如或存，周遑五臣作「惶」。忡驚惕。如彼翰林鳥，雙栖一朝隻。如彼游川魚，比目中路析。春風緣隟來，晨霤承簷滴。寢息何時忘，沉憂日盈積。庶幾有時衰，莊缶猶可擊。

皎皎窗中月，照我室南端。清商應秋至，溽暑隨節闌。凜凜涼風升，始覺夏衾單。豈曰無重纊，誰與同歲寒？歲寒無與同，朗月何朧朧。展轉眄枕席，長簟竟牀空。牀空委清塵，室一作「空」。虛來悲風。獨無李氏靈，髣髴覩爾容。撫衿長歎息，不覺涕霑五臣作「淚沾」。胸。霑胸安能已，悲懷從中起。寢興目存形，遺音猶在耳。上慙東門吳，下愧蒙莊子。賦詩欲言志，此志難具紀。命也可奈何，長戚自令鄙。

曜靈運天機，四節代遷逝。淒淒朝露凝，烈烈夕風厲。奈何悼淑儷，儀容永潛翳。念此如昨日，誰知已卒歲？改服從朝政，哀心寄私制。茵幬張故房，朔望臨爾祭。爾祭詎幾時，朔望忽復盡。衾裳一毀撤，千載不復引。亹亹朞月周，戚戚彌相愍。悲懷感物來，泣涕應情隕。駕言陟東阜，望墳思紆軫。徘徊墟墓間，欲去復不忍。徘徊不忍去，徙倚步踟躕。落葉委埏側，枯荄帶墳隅。孤魂獨煢煢，安知靈與無？投心遵朝命，揮涕强就車。誰謂帝宮遠，路極悲有餘。

○哀　詩

灌如葉落樹，邈若雨絶天。雨絶有歸雲，葉落何時連？山氣冒岡嶺，長風鼓松柏。堂虛聞鳥聲，室暗如日夕。晝愁奄逮昏，夜思忽終昔。展轉獨悲窮，泣下沾枕席。人居天地間，飄若遠行客。先後詎能幾，誰能弊金石。

潘尼

字正叔。少與從父岳俱以文章知名。舉秀才，爲太常博士，累拜太子舍人，出爲宛令，入補尚書郎。齊王冏起義兵，引爲參軍。事平，封安昌公，歷中書令。永嘉中，遷太常卿。

○贈陸機出爲吴王郎中令六章

東南之美，曩惟延州。顯允陸生，於今尠五臣作「鮮」。儔。振鱗南海，濯翼清流。婆沙翰林，容與墳丘。

玉以瑜潤，隨以光融。乃漸上京，羽善作「乃」。儀儲宫。玩爾清藻，味爾芳風。泳之彌廣，挹之彌冲。

崑山何有，有瑶有珉。及爾同僚，具惟近臣。予涉素秋，子登青春。愧無老成，厠彼日新。

祁祁大邦，惟桑惟梓。穆穆伊人，南國之紀。帝曰爾諧，惟王卿士。俯僂從命，奚恤奚喜？

我車既巾，我馬既秣。星陳夙駕，載脂載轄。婉孌二宫，徘徊殿闥。醪澄莫饗，孰慰饑渴？

昔子忝私，貽我蕙蘭。今子徂東，何以贈旃？寸晷惟寶，豈無璵璠？彼美陸生，可與晤言。

○三月三日洛水作

晷運無窮已，時逝焉可追？斗酒足爲歡，臨川胡獨悲？暮春春服成，百草敷英蕤。聊爲三日遊，方駕結龍旂。廊廟多豪俊，都邑有艷姿。朱軒蔭蘭皋，翠幙映洛湄。臨崖濯素手，步水搴輕衣。沈鈎出比目，舉弋落雙飛。羽觴乘波進，素俎隨初學作「逐」。流歸。

去病曰：脩辭最雅。

○迎大駕

南山鬱岑崟，洛川迅且急。青松蔭脩嶺，緑蘩被廣隰。朝日順長塗，夕暮無所集。歸雲乘幰浮，凄風尋帷入。道逢深識士，舉手對吾揖。世故尚未夷，崤函方嶮澁。狐狸夾兩轅，豺狼當路立。翔鳳嬰籠檻，騏驥見維縶。俎豆昔嘗聞，軍旅素未習。且少停君駕，徐待干戈戢。

○逸民吟

我顧傲世自遺。舒志六合，由巢是追。沐浴池洪迅羽衣。陟彼名山，採此芝薇。朝雲靉隸，行露未晞。遊魚羣戲，翔鳥雙飛。逍遥博觀，日晏忘歸。嗟哉四士，從我者誰？

左思

字太冲，齊國臨淄人也。徵爲秘書郎，齊王冏命爲記室，辭疾不就，以疾終。○謝康樂常言：左太冲詩、潘安仁詩，古今難比。

○贈妹九嬪悼離詩

鬱鬱岱清，海瀆所經。陰精以靈，爲祥爲禎。峨峨令妹，應期誕生。如蘭之秀，如芝之榮。總角岐嶷，亂鬒夙成。比德古烈，異世同聲。惟我惟妹，寔惟同生。早喪先妣，恩百常情。女子有行，實遠父兄。骨肉之恩，固有歸寧。何悟離拆，隔以天庭。自我不見，于今二齡。穆穆令妹，有德有言。才麗漢班，明朗楚樊。默識若記，下筆成篇。行顯中閨，名播外藩。何以爲贈？勉以列圖。何以爲言？申以詩書。相去在近，上下欷歔。含辭滿胸，鬱煩不舒。

去病曰：左太冲贈妹，直情序致，言有曲折，令妹得此足矣。使我慨感其人其才於千載而下，豈非乃兄之澤乎？

○○詠史八首選七

弱冠弄柔翰，卓犖觀群書。著論准過秦，作賦擬子虛。邊城苦鳴鏑，羽檄飛京都。雖非甲胄士，疇昔覽穰苴。長嘯激清風，志若無東吳。鉛刀貴一割，夢想騁良圖。左眄澄江湘，右盻定羌胡。功成不受爵，長揖歸田廬。

去病曰：太冲詠史詩卓卓多奇，不以琢鍊爲工，譬如騕褭追風，英雄色動。

○○鬱鬱澗底松，離離山上苗。以彼徑寸莖，蔭此百尺條。世胄躡高位，英俊沈下僚。地勢使之然，由來非一朝。金張藉舊業，七葉珥漢貂。馮公豈不偉，白首不見招。

○吾希段干木，偃息藩魏君。吾慕〔四〕魯仲連，談笑却秦軍。當世貴不羈，遭難能解紛。功成耻善作「不」。受賞，高節卓不羣。臨組不肯緤，對珪寧肯分。連璽曜前庭，比之猶浮雲。

○皓天舒白日，靈景耀神州。列宅紫宮裏，飛宇若雲浮。峨峨高門内，藹藹皆王侯。自非攀龍客，何爲欻來游？被褐出閶闔，高步追許由。振衣千仞岡，濯足萬里流。

○荆軻飲燕市，酒酣氣益震。哀歌和漸離，謂若傍無人。雖無壯士節，與世亦殊倫。高眄邈四海，豪右何足陳？貴者雖自貴，視之若埃塵。賤者雖自賤，重之若千鈞。

主父宦不達，骨肉還相薄。買臣困樵採，善作「採樵」。伉儷不安宅。陳平無産業，歸來翳負郭。長卿還成都，壁立何寥廓。四賢豈不偉，遺烈光篇籍。當其未遇時，憂在填溝壑。英雄有迍邅，由來自古昔。何世無奇才，遺之在草澤。

去病曰：感深。

習習籠中鳥，舉翮觸四隅。落落窮巷士，抱影守空廬。出門無通路，枳棘塞中塗。計策棄不收，塊若枯池魚。外望無寸禄，内顧無斗儲。親戚還相蔑，朋友日夜疎。蘇秦北游説，李斯西上書。俯仰生榮華，咄嗟復彫枯。飲河期滿腹，貴足不願餘。巢林棲一枝，可爲達士模。

〇〇招隱二首

去病曰：招隱蕭然出塵，可以脱離生死，上爲白駒之文孫，下啓陶公之先路，不亦善乎！太冲有此逸才，宜其見譏於士衡也。

杖策招隱士，荒塗横古今。巖穴無結構，丘中有鳴琴。白雲停隱岡，丹葩曜陽林。石泉漱瓊瑶，纖鱗或浮沉。非必絲與竹，山水有清音。何事待嘯歌，灌木自悲吟。秋菊兼餱糧，幽蘭間重襟。躊躇足力煩，聊欲投吾簪。

經始東山廬，果下自成榛。前有寒泉井，聊可瑩心神。峭蒨青葱間，竹柏得其真。弱葉棲霜雪，飛榮流餘津。爵服無常玩，好惡有屈伸。結綬生纏牽，彈冠去埃塵。惠連非吾屈，首陽非吾仁。相與觀所尚，逍遥撰良辰。

○雜　詩

秋風何冽冽，五臣作「烈烈」。白露爲朝霜。柔條旦夕勁，緑葉日夜黄。明月出雲崖，皦皦流素光。披軒臨前庭，嗷嗷晨鴈翔。高志局四海，塊然守空堂。壯齒不恒居，歲暮常慨慷。

○嬌女詩

去病曰：嬌女以趣傳，可資好事。覼縷細術，終非竭力摩擬之比，所以殊乎唐人也。

吾家有嬌女，皎皎頗白晳。小字爲紈素，口齒自清歷。鬢髮覆廣額，雙耳似連璧。明朝弄梳臺，黛眉類掃跡。濃朱衍丹脣，黄吻瀾漫赤。嬌語若連瑣，忿速乃明㦒。握筆利彤管，篆刻未期益。執書愛綈素，誦習矜所獲。其娣玉臺作「姊」。字惠芳，面目燦如畫。輕粧喜樓邊，去病曰：有竅。臨鏡忘紡績。舉觶擬京兆，立的成復易。玩弄眉頰間，劇兼機杼役。從容好趙舞，延袖像飛翮。上下絃柱際，文史輒卷襞。顧眄屏風畫，如見已指擿。丹青日塵闇，明義爲隱賾。馳騖翔園林，果下皆生摘。紅葩掇紫蔕，萍實驟抵擲。貪華風雨中，倏忽數百適。務躡霜雪戲，重綦常累積。并心注肴饌，端坐理盤槅。翰墨戢閑按，相與數離逖。動爲鑪鉦屈，屣履任之適。止爲茶菽攄〔五〕，吹吁對鼎䥶。外編作「䥶」。脂膩漫白袖，烟薫染阿錫。衣被皆重池，難與沈水碧。任其孺子意，羞受長者責。瞥聞當與杖，掩淚俱向壁。

張　翰

字季鷹，吴郡人。有清才，縱任不拘，時人號爲「江東步兵」。齊王冏辟爲東曹掾。

○雜詩二首

暮春和氣應，白日照園林。青條若總翠，黄華如散金。嘉卉亮有觀，顧此難久耽。延頸無良塗，頓足託幽深。榮與壯俱去，賤與老相尋。歡樂不照顔，慘愴發謳吟。謳吟何嗟及，古人可慰心。

東鄰有一樹，三紀裁可拱。無花復無實，亭亭雲中竦。隟去病曰：隟，豈逆切，音乞。禽不爲巢，短翮莫肯任。忽有一飛鳥，五色雜英華。一鳴衆鳥至，再鳴衆鳥羅。長鳴摇羽翼，百鳥互相和。

○思吴江歌

晋文士傳云：「張翰有清名美望。大司馬齊王冏辟爲東曹掾。在洛見秋風起，思吴中菰飯、蓴羹、鱸魚鱠，歎曰：『人生貴得適意爾，何能羈宦數千里以要名爵？』因作此歌，遂命駕還。」

秋風起兮佳景時，吴江水兮鱸魚肥。三千里兮家未歸，恨難得兮仰天悲。

張　載

字孟陽，安平人也。博學有文章，起家佐著作郎，累遷弘農太守。長沙王乂請爲記室督，拜中書侍郎，復領著作，稱疾歸，卒。

○七哀詩二首

北芒五臣作「邙」。何壘壘，高陵有四五。借問誰家墳，皆云漢世主。恭文遥相望，原陵鬱膴膴。季世五臣作「葉」。喪亂起，賊盜如豺虎。毁壤過一抔，便房啓幽户。珠柙一作「匣」。離玉體，珍寶見剽虜。園寢化爲墟，周墉無遺堵。蒙蘢荆棘生，蹊徑登童豎。狐兔窟其中，蕪穢不復掃。頹隴並墾發，萌隸營農圃。昔爲萬乘君，今爲丘中土。感彼雍門言，悽愴哀今五臣作「往」。古。

秋風吐商氣，蕭瑟掃前林。陽烏五臣作「鳥」。收和響，寒蟬無餘音。白露中五臣作「朝」。夜結，木落柯條森。朱光馳北陸，浮景忽西沈。顧望無所見，唯覩松柏陰。肅肅高桐枝，翩翩棲孤禽。仰聽離鴻鳴，俯聞蜻蛚吟。蜻蛚，音精列，廣韵蟋蟀類，爾雅小蟬。哀人易感傷，觸物增悲心。

丘隴日已遠，纏綿彌思深。憂來令髮白，誰云愁可任？裵徊向長風，淚下沾衣襟。

張　協

字景陽，與兄載齊名。辟公府掾，轉秘書郎，累遷中書侍郎，轉河間内史。時天下已亂，遂屏居草澤，以屬詠自娱，終于家。

〇詠　史

去病曰：張景陽雅慕二疏，竟掛冠濁世，得全要領。詩以言志，殊非夸爾。

昔在西京時，朝野多歡娱。藹藹東都門，羣公祖二疏。朱軒曜金城，供帳臨長衢。達人知止足，遺榮忽如無。抽簪解朝衣，散髮歸海隅。行人爲隕涕，賢哉此大夫。揮金樂當年，歲暮不留儲。顧謂四座賓，多財爲累愚。清風激萬代，名與天壤俱。咄此蟬冕客，君紳宜見書。

〇〇雜詩十首

去病曰：張景陽雜詩，竭力奔前，本不若陳思、步兵之自然。然雖如此，補天無漏，闞海容流，終不餘力讓人，吾甚敬其立志。

秋夜涼風起，清氣蕩暄濁。蜻蛚吟階下，飛蛾拂明燭。去病曰：可感。君子從遠役，佳人守煢獨。離居幾何時，鑽燧忽改木。房櫳無行跡，庭草萋以緑。青苔依空牆，蜘蛛網四屋。感物多所懷，沈憂結心曲。

大火流坤維，白日馳西陸。浮陽映翠林，迴飈扇緑竹。飛雨灑朝蘭，輕露棲叢菊。龍蟄暄氣凝，天高萬物肅。弱條不重結，芳蕤豈再馥？人生瀛海内，忽如鳥過目。川上之歎逝，前修以自勗。

去病曰：川上之歎，寫來不舊，且鮮若發函，用古者知之。

金風扇素節，丹霞啓陰期。騰雲似涌煙，密雨如散絲。寒花發黄采，秋草含緑滋。閒居玩萬物，離羣戀所思。案無蕭氏牘，庭無貢公綦。高尚遺王侯，道積自成基。至人不嬰物，餘風足染時。

去病曰：不爲時染者乃足染時。

朝霞迎白日，丹氣臨暘善作「湯」。谷。翳翳結繁雲，森森散雨足。輕風摧勁草，凝霜竦高木。密葉日夜疎，叢林森如束。疇昔歎時遲，晚節悲年促。歲暮懷百憂，將從季主卜。

昔我資章甫，聊以適諸越。行行入幽荒，歐五臣作「甌」。駱從祝髮。窮年非所用，此貨將安設？瓴甋夸璵璠，魚目笑明月。不見郢中歌，能否居然別。陽春無和者，巴人皆下節。流俗多昏迷，此理誰能察？

去病曰：真真古今同看。

朝登魯陽關，狹路峭且深。流澗萬餘丈，圍木數千尋。咆虎響窮山，鳴鶴聒空林。凄風爲我嘯，百籟坐自吟。感物多思情，在險易常心。朅來戒不虞，挺轡越飛岑。王陽驅九折，周文走岑崟。經阻貴勿遲，此理著來今。

此鄉非吾地，此郭非吾城。羈旅無定心，翩翩如懸旌。出覩軍馬陣，入聞鞞鼓聲。常懼羽檄飛，神武一朝征。長鋏鳴鞘中，烽火列邊亭。捨我衡門衣，更被縵胡纓。疇昔懷微志，帷幕竊所經。何必操干戈，堂上有奇兵。折衝樽俎間，制勝在兩楹。巧遲不足稱，拙速乃垂名。

述職投邊城，羈束戎旅間。下車如昨日，望舒四五圓。借問此何時，蝴蝶飛南園。流波戀舊浦，行雲思故山。閩越衣文蛇，胡馬願度燕。風土安所習，由來有固然。

結宇窮岡曲，耦耕幽藪陰。荒庭寂以閒，幽一作「山」岫峭且深。凄風起東谷，有渰興南岑。雖無箕畢期，膚寸自成霖。澤雉登壟雊，寒猿擁條吟。溪壑無人跡，荒楚鬱蕭森。投耒循岸垂，時聞樵採音。重基可擬志，迴淵可比心。養真尚無爲，道勝貴陸沈。游思竹素園，寄辭翰墨林。

墨蜧躍重淵，商羊儛野庭。飛廉應南箕，豐隆迎號屏。雲根臨八極，雨足灑四溟。霖瀝過二旬，散漫亞九齡。階下伏泉涌，堂上水衣生。洪潦浩方割，人懷昏墊情。沈液漱陳根，緑葉腐秋莖。里無曲突煙，路無行輪聲。環堵自頹毀，垣閭不隱形。尺燼重尋桂，紅粒貴瑶瓊。君子守固窮，在約不爽貞。雖榮田方贈，慙爲溝壑名。取志於陵子，比足五臣作「之」。黔婁生。

去病曰：蜈、蝓仝音倫，蛇屬，能興雲雨。〔六〕

王　讚

字正長，義陽人也。博學有俊才。辟司空掾，歷散騎侍郎，卒。

○雜　詩

朔風動秋草，邊馬有歸心。胡寧久分析，靡靡忽至今。王事離我志，殊隔過商參。昔往鶬鶊鳴，今來蟋蟀吟。人情懷舊鄉，客鳥思故林。師涓久不奏，誰能宣我心？

董　京

字威輦，不知何郡人。初與隴西計吏俱至洛陽，被髮而行，逍遥吟詠。常宿白社中，時乞於市。後數年遁去，莫知所之。

○詩二首選一

晉書曰：京既遁去，於其寢處有詩二篇。

乾道剛簡，坤體敦密。茫茫太素，是則是述。末世流奔，以文代質。悠悠世目，孰知其實？逝將去此至虛，歸我自然之室。

○答孫楚詩

晉書隱逸傳曰：京在洛陽，孫楚時爲著作郎，數就社中與京語，遂載與俱歸。京不肯坐，楚貽之書曰：「今堯舜之世，胡爲懷道迷邦？」京答之以詩。

周道斁兮頌聲没，夏政衰兮五常汩。便便君子，顧望而逝。洋洋乎滿目，作者七。豈不樂天地之化也？哀乎哉！時之不可與，對之以獨處，無娛我以爲歡。清流可飲，至道可餐。何爲棲棲，自使疲單。魚懸獸檻，鄙夫知之。古之至人，藏器如靈。緼袍不能令暖，當作「令暖」。軒冕不能令榮。動如川之流，静如川之停。鸚鵡能言，泗濵浮磬。衆人所翫，豈合物情？玄鳥紆幕，而不彼害。鳴隼遠巢，咸以欲死。眄被梁魚，逡巡倒尾。沈吟不決，忽焉失水。嗟乎！魚鳥相與，萬世而不悟。以我觀之，乃明其故。焉知不有達人，深穆其度？亦將闚我，顰顣而去。萬物皆賤，惟人爲貴。動以九州爲狹，静以圜堵爲大。

去病曰：董威輦品既真人，詩乃法物。

石　崇

字季倫，渤海人。年二十餘，爲城陽太守。伐吴有功，封安陽鄉侯，累遷侍中，出爲南中郎將、荆州刺史，領南蠻校尉。致富不貲，後拜太僕、衛尉。有愛妓緑珠，孫秀使人求之不得，遂勸趙王倫誅之，族其家。

〇〇王明君辭并序

王明君者，本是王昭君，以觸文帝諱，改之。匈奴盛，請婚於漢。元帝以後宫良家子昭君配焉。昔公主嫁烏孫，令琵琶馬上作樂，以慰其道路之思。其送昭君，亦必爾也。其造新曲多哀怨之聲，故叙之於紙云爾。

我本漢家子，將適單于庭。辭訣未及終，前驅已抗旌。僕御涕流離，轅馬悲且鳴。哀鬱傷五内，泣淚沾朱纓。行行日已遠，遂造匈奴城。延我於穹廬，加我閼氏名。殊類非所安，雖貴非所榮。父子見陵辱，對之慚且驚。殺身良不易，默默以苟生。苟生亦何聊，積思常憤盈。願假飛鴻翼，乘之以遐征。飛鴻不我顧，佇立以屏營。昔爲匣中玉，今爲糞上英。朝華不足歡，甘與秋草并。傳語後世人，遠嫁難爲情。

去病曰：石季倫明君辭，優柔不迫，言之深於此者多不能及。

〇思歸引并序

余少有大志，夸邁流俗，弱冠登朝，歷位二十五年，五十以事去官。晚節更樂放逸，篤好林藪，遂肥遁於河陽別業。其制宅也，却阻長隄，前臨清渠，柏木幾於萬株，江水周於舍下，有觀閣池沼，多養魚鳥。家素習技，頗有秦趙之聲。出則以遊目弋釣爲事，入則有琴書之娱。又好服食咽氣，志在不朽，慠然有凌雲之操。欻復見牽羈，婆娑於九列，困於人間煩黷。常思歸而永歎，尋覽樂篇，有思歸引，儻古人之心有同于今，故制此曲。此曲有弦無歌，今爲作歌辭以述余懷，恨時無知音者，令造新聲而播於絲竹也。

去病曰：序佳。

思歸引，歸河陽。假余翼，鴻鶴高飛翔。經芒阜，濟河梁，整我舊館心悦康。清渠激，魚徬徨。鴈驚泝波羣相將，終日周覽樂無方。登雲閣，列姬姜。拊絲竹，叩宫商。宴華池，酌玉觴。

〇〇思歸歎

登城隅兮臨長江，極望無涯兮思填胸。魚瀺㵳兮鳥繽翻，澤雉遊鳧兮戲中園。秋風厲兮鴻鴈征，蟋蟀嘈嘈兮晨夜鳴。落葉飄兮枯枝竦，百草零落兮覆畦壠。時光逝兮年易盡，感彼歲暮兮悵自愍。廓羈旅兮滯野都，願御北風兮忽歸徂。惟金石兮幽且清，林鬱茂兮芳卉一作「草」。盈。玄泉流兮縈丘阜，閣館蕭寥兮蔭叢柳。吹長笛兮彈五弦，一本作「玉琴」。高歌凌雲兮樂餘年。舒篇卷兮與聖談，釋冕投紱兮希彭聃。超逍遥兮絶塵埃，福亦不至兮禍亦不來。

去病曰：思歸歎古道莽蒼，一往造極。以石崇之才，後人但稱其富，冤哉。嗟乎！「明珠十斛買娉婷」，豈富兒所敢望其豪舉者哉？

○贈棗腆

久官無成績，棲遲於徐方。寂寂守空城，悠悠思故鄉。恂恂二三賢，身遠屈龍光。攜手沂泗間，遂登舞雩堂。文藻譬春華，談話猶蘭芳。消憂以觴醴，娱耳以名娼。博弈逞妙思，弓矢威邊疆。

去病曰：唯石季倫穆如冲澹，往往似漢魏間詩。

嵇含

字君道，紹從子也。好學能屬文。家鞏縣亳丘，自號亳丘子。舉秀才，除郎中。惠帝朝爲中書侍郎，累官至平越中郎將、廣州刺史。

○伉儷

去病曰：句句偶語，於此反見其異。

余執百兩轡，之子詠采蘩。我憐聖善色，爾悦慈姑顔。裁彼雙絲絹，著以同功綿。夏摇比翼扇，冬卧𦸸文作「坐」。蛩蛩氈。饑食並根粒，渴飲一流泉。朝蒸同心羹〔七〕，暮庖比目鮮。挹用合巹酳，受以連理盤。朝采同本芝，夕掇駢穗蘭。臨軒樹萱草，中庭植合歡。

阮脩

字宣子，陳留尉氏人。好易、老，善清言。瑯邪王處仲引爲鴻臚丞、太子洗馬，避亂南行，爲賊所害。

○上巳會詩

三春之季，歲惟嘉時。靈雨既零，歲時作「零雨既濛」。風以散之。英華扇耀，翔〔八〕鳥群嬉。澄澄緑水，澹澹其波。脩岸逶迤，長川相過。聊且逍遥，其樂如何？坐此脩筵，臨彼素流。嘉肴既設，舉爵獻酬。彈箏弄琴，新聲上浮。水有七德，知者所娱。清瀨瀺灂，菱葭芬敷。沈此芳鈎，引彼潛魚。委餌芳美，君子戒諸。

閭丘沖

字賓卿，高平人。清平有鑒識，博學有文。累遷太傅長史、光禄勳。京邑未潰，乘車出，爲賊所害，時人皆痛惜之。

○三月三日應詔詩二首選一

暮春之月，春服既成。陽昇土潤，冰涣川盈。餘萌達壤，嘉木敷榮。后皇宣遊，既宴且寧。光光華輦，詵詵從臣。微風扇穢，朝露翳塵。上蔭丹幄，下藉文茵。臨川初學作「池」。挹盥，濯故潔新。俯鏡清流，仰睇天津。藹藹華林，巖巖景陽。業業峻宇，奕奕飛梁。垂蔭倒景，若沈若翔。

郭泰機

○答傅咸

皦皦白素絲，織爲寒女衣。寒女雖妙巧，不得秉杼機。天寒知運速，况復雁南飛。衣工秉刀尺，棄我忽若遺。人不取諸身，世事焉所希？况復已朝餐，曷由知我饑？

左貴嬪

名芬，思之妹。少好學，善綴文。武帝聞而納之。泰始八年，拜脩儀，後爲貴嬪。姿陋無寵，以才德見禮。每有方物異寶，必詔爲賦頌，以是屢獲恩賜焉。

○感離詩 一作「離思」，此答左思贈妹之作。

自我去膝下，倏忽踰再期。邈邈浸彌遠，拜奉將何時？披省所賜告，尋玩悼離詞。髣髴想容儀，欷歔不自持。何時當奉面，娱目於書詩。何以訴辛苦，告情於文辭。

緑珠 石崇妾。

去病曰：非緑珠不足嫁石崇，非石崇不足有緑珠。

○懊儂歌

古今樂録曰：懊儂歌，晋緑珠所作，唯「絲布澁難縫」一曲而已。

絲布澁難縫，令儂十指穿。黄牛細犢車，遊戲出孟津。

去病曰：緑珠而外，復有翔風，石崇何嘗死哉？石崇而外，何嘗不死哉？

翔風

〇〇怨詩

王子年拾遺記曰：石季倫有愛婢曰翔風，魏末於胡中得之，年十五，無有比其容貌，最以文辭擅愛。年三十，妙年者争嫉之。崇退翔風爲房老，使主群少，乃懷怨而作詩。

春華誰不美，卒傷秋落時。突烟還自低，鄙退豈所期？桂芳徒自蠹，失愛在蛾眉。坐見芳時歇，憔悴空自嗤。

劉琨

字越石，中山人。少以雄豪著名。永嘉初，爲并州刺史。建興二年，加大將軍，都督并州。三年，進司空。四年，其長史以并州叛降石勒。〇去病曰：可恨。〇琨遂奔薊。段匹磾因與結婚，約以共戴晋室。元帝渡江，復加太尉，封廣武侯。後其子羣與匹磾有隙，遂被害，謚曰愍。

○答盧諶八章

○○琨頓首。損書及詩，備辛酸之苦言，暢經通之遠旨，執玩反覆，不能釋手，慨然以悲，歡然以喜。昔在少壯，未嘗檢括，遠慕老、莊之齊物，近嘉阮生之放曠，怪厚薄何從而生，哀樂何由而至？自頃輈張，困於逆亂，國破家亡，親友彫殘。塊然獨坐，則哀憤兩集；負杖行吟，則百憂俱至。時復相與，舉觴對膝，破涕爲笑，排終身之積慘，求數刻之暫歡。譬由疾疢彌年，而欲一丸銷之，其可得乎？去病曰：寔由身歷之痛言，非不更事人所能强造，亦不能曉也。夫才生於世，世寔須才。和氏之璧，焉得獨曜於郢握？夜光之珠，何得專玩於隨掌？天下之寶，固當與天下共之。但分析之日，不能不悵恨爾。去病曰：一低回，一不堪聽睹。然後知聃、周之爲虛誕，嗣宗之爲妄作也。昔騄驥倚輈於吴阪，長〔九〕鳴於良、樂，知與不知也；百里奚愚於虞而智於秦，遇與不遇也。今君遇之矣，勗之而已。不復屬意于文二十餘年矣，久廢則無次，想必欲其一反，故稱指送一篇，適足以彰來詩之益美耳。琨頓首頓首。去病曰：怨愁與憾皆有之，不是深情特甚，如何可以妄作？

厄運初遘，陽爻在六。乾象棟傾，坤儀舟覆。横厲糾紛，群妖競逐。火燎神州，洪流華域。彼黍離離，彼稷育育。哀我皇晋，痛心在目。

天地無心，萬物同塗。禍淫莫驗，福善則虚。逆有全邑，義無完都。英蘂夏落，毒卉冬敷。如彼龜玉，韞櫝毁諸。芻狗之談，其最得乎？

咨余軟弱，弗克負荷。愆釁仍彰，榮寵屢加。威之不建，禍延凶播。忠隕于國，孝愆于家。斯罪之積，如彼山河。斯釁之深，終莫能磨。

郁穆舊姻，嬿婉新婚。不慮其敗，唯義是敦。裹糧携弱，匍匐星奔。未輟爾駕，已隳五臣作「墮」。我門。一族偕覆，三孽並根。長慙舊孤，永負寃魂。

亭亭孤幹，獨生無伴。緑葉繁縟，柔條脩罕。朝採爾實，夕捋爾竿。竿翠豐尋，逸珠盈椀。實消我憂，憂急用緩。逝將去矣，庭虚情滿。

虚滿伊何，蘭桂移植。茂彼春林，瘁此秋棘。有鳥翻飛，不遑休息。匪桐不棲，匪竹不食。永戢東羽，翰撫西翼。我之敬之，廢歡輟職。

音以賞奏，味以殊珍。文以明言，言以暢神。之子之往，四美不臻。澄醪覆觴，絲竹生塵。素卷莫啓，幄無談賓。既孤我德，又闕我鄰。

光光段生，出幽遷喬。資忠履信，武烈文昭。旌弓騂騂，輿馬翹翹。乃奮長縻，是轡是鑣。何以贈子，竭心公朝。何以叙懷，引領長謡。

去病曰：忠義滿腹，可敬可敬。

○○重贈盧諶

握中有玄璧，本自荆山璆。惟彼太公望，昔在渭濱叟。鄧生何感激，千里來相求。白登幸曲逆，音句遇。鴻門賴留侯。重耳任五賢，小白相射鉤。苟能隆二伯，安問黨與讎？中夜撫枕歎，相與數子遊。吾衰久矣夫，何其不夢周？誰云聖達節，知命故不憂。宣尼悲獲麟，西狩涕孔丘。功業未及見，夕陽忽西流。時哉不我與，去乎若雲浮。朱實隕勁風，繁英落素秋。狹路傾華一作「車」。蓋，駭駟摧雙輈。何意百鍊剛，化爲繞指柔。晋書曰：琨詩託意非常，攄暢幽憤，遠想張、陳，感鴻門、白登之事，用以激諶。諶素無奇略，以常詞詶和，殊乖琨心。

去病曰：此公至老，時時聞雞起舞，可敬可敬，吾師乎！吾師乎！霍近服膺柳下、東方，而往輒發其宕氣，又自嗤其不解事也。

○○扶風歌

朝發廣莫門，暮宿丹水山。左手彎繁弱，右手揮龍淵。顧瞻望宮闕，俯仰御飛軒。據鞍長歎息，淚下如流泉。繫馬長松下，發鞍高岳頭。烈烈悲風起，泠泠澗水流。揮手長相謝，哽咽不能言。浮雲爲我結，歸鳥爲我旋。去家日已遠，安知存與亡？慷慨窮林中，抱膝獨摧藏。

麋鹿遊我前，猨猴戲我側。資糧既乏盡，薇蕨安可食？攬轡命徒侶，吟嘯絶巖中。君子道微矣，夫子故一作「固」。有窮。惟昔李騫期，寄在匈奴庭。忠信反獲罪，漢武不見明。我欲竟此曲，此曲悲且長。棄置勿重陳，重陳令心傷。

去病曰：重重疊疊，悽愴不可言。劉越石人非晋人，詩亦非晋詩。

○胡姬年十五

漢辛延年羽林郎曰：「胡姬年十五，春日獨當壚。」○樂府作晋劉琨，五言律祖作梁劉琨。○去病曰：當是梁劉琨作。

虹梁照曉日，渌水泛香蓮。如何十五少，含笑酒壚前。花將面自許，人共影相憐。回頭堪百萬，價重爲時年。

去病曰：妍媚當爲時賞，吾於兹有玉杯象箸之歎。

盧　諶

字子諒，范陽人。好老、莊，善屬文，選尚武帝女滎陽公主，後爲劉琨主簿，轉從事中郎。琨爲段匹磾所害，諶投段末波，後爲石季龍所得，官至中書監。屬冉閔誅石氏，因遇害。

○覽古詩

去病曰：此詩拙處皆其古處。觀古人之文，察其所短，遺其所長，皆不足與論世者也。

趙氏有和璧，天下無不傳。秦人來求市，厥價徒空言。與之將見賣，不與恐致患。簡才選作「之」。備行李，圖令國命全。藺生在下位，繆子稱其賢。奉辭馳出境，伏軾徑入關。秦王御殿坐，趙使擁節前。揮袂睨金柱，身玉要俱捐。連城既僞往，荆玉亦真還。爰在澠池會，二主克交歡。昭襄欲負力，相如折其端。眥血下霑襟，怒髮上衝冠。西缶終雙擊，東瑟不隻彈。捨生豈不易，處死誠獨難。稜威章臺顛，强禦亦不干。屈節邯鄲中，俛首忍回軒。廉公何爲者，負荆謝厥愆。智勇冠當世，弛張使我歎。

郭璞

字景純，河東聞喜人。文章冠一時，尤妙于陰陽算曆卜筮之術。王導引爲參軍，補著作佐郎，遷尚書郎，以母憂去。王敦起爲記室參軍。敦既謀逆，使筮，璞曰：「無成，壽且不久。」敦大怒，即收斬之。及敦平，追贈弘農太守。

○遊仙詩十四首

京華游俠窟，五臣作「客」。山林隱遯棲。朱門何足榮，未若託蓬萊。臨源挹清波，陵岡掇丹荑。靈谿可潛盤，安事登雲梯？漆園有傲吏，萊氏有逸妻。進則保龍見，退爲觸藩羝。高蹈風塵外，長揖謝夷齊。

○○青溪千餘仞，中有一道士。雲生梁棟間，風出窻户裏。借問此何誰，云是鬼谷子。翹迹企潁陽，臨河思洗耳。閶闔西南來，潛波渙鱗起。靈妃顧我笑，粲然啓玉齒。蹇脩時不存，要之將誰使？

○翡翠戲蘭苕，容色更相鮮。緑蘿結高林，蒙籠蓋一山。中有冥寂士，静嘯撫清絃。放情凌霄外，嚼蘂挹飛泉。赤松臨上游，駕鴻乘紫煙。左挹浮丘袖，右拍洪崖肩。借問蜉蝣輩，寧知龜鶴年。

去病曰：郭景純遊仙詩，雖質不勝華，顧出入萬象，窮竟妙麗，洵稱才子矣。

○○六龍安可頓，運流有代謝。時變感人思，已秋復願夏。淮海變微禽，吾生獨不化。雖欲騰丹谿，雲螭非我駕。愧無魯陽德，迴日向三舍。臨川哀年邁，撫心獨悲吒。

○逸翮思拂霄，迅足羨遠遊。清源無增瀾，安得運吞舟？珪璋雖特達，明月難闇投。潛穎怨清陽，陵苕哀素秋。悲來惻丹心，零淚緣纓流。

○○雜縣音爰。寓魯門，風暖將爲災。吞舟涌海底，高浪駕蓬萊。神仙排雲出，但見金銀臺。陵陽挹丹溜，容成揮玉杯。姮娥揚妙音，洪崖頷其頤。升降隨長煙，飄颻戲九垓。奇齡邁五龍，千歲方嬰孩。燕昭無靈氣，漢武非仙才。

○晦朔如循環，月盈已復魄。蓐收清西陸，朱羲將由白。寒露拂陵苕，女蘿辭松柏。蕣榮不終朝，蜉蝣豈見夕？圓丘有奇草，鍾山出靈液。王孫列八珍，安期鍊五石。長揖當途人，去來山林客。

○暘谷吐靈曜，扶桑森千一作「萬」。丈。朱霞升東山，朝日何晃朗。迴風流曲櫺，幽室發逸響。悠然心永懷，眇爾自遐想。仰思舉雲翼，延首矯玉掌。嘯傲遺世羅，縱情在一作「任」。獨往。明道雖若昧，其中有妙象。希賢宜勵德，羨魚當結網。

○採藥遊名山，將以救年頹。呼吸玉滋液，妙氣盈胸懷。登仙撫龍駟，迅駕乘奔雷。鱗衸〉學作「鮮」。裳逐電曜，雲蓋隨風迴。手頓羲和轡，足蹈閶闔開。東海猶蹄涔，崑崙嶁一作「若」。蟻堆。遐邈冥茫中，俯視令人哀。

○璇臺冠崑嶺，西海濱招摇。瓊林籠藻映，碧樹疏英翹。丹泉漂朱沫，黑水鼓玄濤。尋仙萬餘日，今乃見子喬。振髮晞翠霞，解褐被絳綃。總轡臨少廣，盤虬舞雲軺。永偕帝鄉侶，千齡共逍遥。

○登嶽採五芝，涉淵將六草。散髮蕩玄溜，終年不華皓。

○四瀆流如淚，五嶽羅若垤。尋我青雲友，永與時人絶。

○静歎亦何念，悲此妙齡逝。在世無千月，命如秋葉蒂。蘭生蓬芭間，榮曜常幽翳。

○縱酒濛氾濱，結駕尋木末。翹手攀金梯，飛步登玉闕。左顧擁方目，右眷極朱髮。

楊方

字公回。少好學，有異才。司徒王導辟爲掾，轉東安太守，遷司徒參軍事，補高梁太守。後以年老棄郡歸，終於家。

○褋詩三首樂府作「合歡詩」，今從玉臺。○選一

南鄰玉臺作「林」。有奇樹，承春挺素華。豐翹被長條，緑葉蔽朱柯。因風吐徽音，芳氣入紫霞。我心羡此木，願徙著予家。夕得遊其下，朝得弄其葩。爾根深且堅，藝文類聚作「固」。予宅淺且洿。移植良無期，歎息將如何？

謝尚

字仁祖，陳郡人。累遷尚書僕射，出督江淮、歷陽、楊、豫諸軍事，進號鎮西將軍。桓温請爲司州都督，以疾不行，卒於歷陽。

○大道曲

樂府廣題曰：謝尚爲鎮西將軍，嘗著紫羅襦，據胡牀，在市中佛國門樓上彈琵琶，作大道曲。市人不知是三公也。

青陽二三月，柳青桃復紅。車馬不相識，音落黄埃中。

孫綽

字興公，統之弟。博學善屬文，爲著作佐郎，累遷散騎常侍，轉廷尉卿，領著作，卒。

○情人碧玉歌二首 選一

碧玉歌，一名千金意，晋孫綽所作，樂府詩集云「宋汝南王作」。

碧玉破瓜時，郎爲情顛倒。感君不羞赧，迴身就郎抱。

王獻之

字子敬，羲之子。少有盛名，而高邁不羈，風流爲一時之冠。起家州主簿、秘書丞，選尚新安公主，尋除建威將軍、吴興太守，徵拜中書令，卒於官。

○○桃葉歌二首選一

古今樂録曰：桃葉歌者，晋王子敬之所作也。桃葉，子敬妾名，緣于篤愛，所以歌之。

桃葉復桃葉，渡江不用檝。但渡無所苦，我自來迎接。藝文作「我自接迎汝」。

庾　闡

字仲初，潁川人。九歲能屬文，初爲西陽王掾，累遷尚書郎。蘇峻之難，出奔郗鑒，爲之參軍。峻平，召爲散騎侍郎，補零陵太守，徵拜給事中。

○孫登隱居詩

靈巖霞蔚，石室鱗構。青松標空，蘭泉吐牖。蘢薈可遊，芳津可漱。玄谷蕭寥，鳴琴獨奏。先生體之，寂坐幽岸。凝冰結樸，熙陽靡焕。潛真内全，飛榮外散。凌崖高嘯，希風朗彈。道有冥廢，運有昏消。達隱不巖，玄跡不標。或曰先生，晦德逍遥。嵇子秀達，英風朗烈。道儁薰芳，鮮不玉折。兆動初萌，玅鑒奇絶。翹首丘〔一〇〕冥，仰想玄哲。

李充

字弘度，江夏人。辟丞相王導掾，除剡縣令，後爲大著作郎，累遷中書侍郎，卒。

○嘲友人

同好齊歡愛，纏綿一何深。子既識我情，我亦知子心。燕婉歷年歲，和樂如瑟琴。良辰不我俱，中闊似商參。爾隔北山陽，我分南川陰。嘉會罔克從，積思安可任？目想妍麗姿，耳存清媚音。脩晝興永念，遥夜獨悲吟。逝將尋行役，言别泣沾巾。願爾降玉趾，一顧重千金。

袁宏

字彦伯，陳郡人。有逸才，文章絶美。謝尚引爲參軍，累遷大司馬桓温府記室，後自吏部郎出爲東陽太守，卒。

○詠史二首

世説曰：「袁虎少貧，嘗爲人傭載運租。謝鎮西經船行，其夜清風朗月，聞估客船上有詠詩聲，甚有情致。即遣訊問，乃是袁自詠其所作詠史詩。因此相要，大相賞得。」虎，袁宏小字也。

周昌梗槩臣，辭達不爲訥。汲黯社稷器，棟梁天表骨。陸賈厭解紛，時與酒檮杌。婉轉將相門，一言和平勃。趨舍各有之，俱令道不没。

無名困螻蟻，有名世所疑。中庸難爲體，狂狷不及時。楊惲非忌貴，知及有餘辭。躬耕南山下，蕪穢不遑治。趙瑟奏哀音，秦聲歌新詩。吐音非凡唱，負此欲何之？

曹毗

字輔佐，譙國人。少好文籍，善屬詞賦。郡察孝廉，除郎中。蔡謨舉爲佐著作郎，累遷至光禄勳。

○夜聽擣衣

寒興御紈素，佳人理衣衾。一作「治衣襟」。冬夜清且永，皎月照堂陰。纖手疊輕素，朗杵叩鳴砧。清風流繁節，迴飈灑微吟。嗟此嘉運速，悼彼幽滯心。二物感余懷，豈但聲與音？

顧愷之

字長康，晋陵無錫人。博學有才氣。桓温引爲大司馬參軍，後爲殷仲堪參軍。

○神情詩亦見陶集。

春水滿四澤，夏雲多奇峯。秋月揚明輝，冬嶺秀寒松。

蘭亭集詩并序

○○右將軍王羲之二首字逸少，瑯琊臨沂人。善草隸，累遷江州刺史、右軍將軍、會稽内史。

○○永和九年，歲在癸丑，暮春之初，會于會稽山陰之蘭亭，修禊事也。羣賢畢至，少長咸集。此地有崇山峻嶺，茂林脩竹，又有清流激湍，暎帶左右，引以爲流觴曲水，列坐其次。雖無絲竹管弦之盛，一觴一詠，亦足以暢叙幽情。是日也，天朗氣清，惠風和暢。仰觀宇宙之大，俯察品類之盛，所以遊目騁懷，足以極視聽之娱，信可樂也。夫人之相與，俯仰一世，或取諸懷抱，悟言一室之内；或因寄所託，放浪形骸之外。雖趨舍萬殊，静躁不同，當其欣於所遇，蹔得於己，怏然自足，不知老之將至。及其所之既倦，情隨事遷，感慨係之矣。向之所欣，俯仰之間，已〔一二〕爲陳迹，猶不能不以之興懷。況脩短隨化，終期於盡。古人云：「死生亦大矣。」豈不痛哉！每攬昔人興感之由，若合一契，未嘗不臨文嗟悼，不能喻之於懷。固知一死生爲虛誕，齊彭殤爲妄作。後之視今，亦猶今之視昔，悲夫！故列叙時人，録其所述，雖世殊事異，所以興懷，其致一也。後之攬者，亦將有感於斯文。

去病曰：文之在天地間者，世代朽之，屢經鈔寫朽之，經學究先生之口朽之。獨此蘭亭一序，贈我鮮新。故世界之不腐者有蘭亭山水，文字之不腐者有蘭亭詩序。嗟夫！安得復見此高致人也？嗟夫！

代謝鱗次，忽焉以周。欣此暮春，和氣載柔。詠彼舞雩，異世同流。迺携齊契，散懷一丘。

仰視碧天際，俯瞰渌水濱。寥閴無涯觀，寓目理自陳。大矣造化工，萬殊莫不均。羣籟雖參差，適我無非親。

○瑯琊王友謝安二首字安石，尚之弟，官太保、都督，封廬陵郡公。○選一

伊昔先子，有懷春遊。契兹言執，寄傲林丘。森森連嶺〔一三〕，茫茫原疇。迴霄垂霧，凝泉散流。

○司徒左西屬謝萬二首字萬石，太傅安弟也。才氣高俊，蚤知名。歷吏部西中郎將、豫州刺史、散騎常侍。

肆眺崇阿，寓目高林。青蘿翳岫，脩竹冠岑。谷流清響，條鼓鳴音。玄崿吐潤，霏霧成陰。

司冥卷陰旗，句芒舒陽旍。靈液被九區，光風扇鮮榮。碧林輝翠萼，紅葩擢新莖。翔禽撫翰游，騰鱗躍清泠。

○前餘杭令孫統二首字承公，太原中都人，楚之孫。○選一

地主觀山水，仰尋幽人踪。回沼激中逵，疎竹間脩桐。回流轉輕觴，泠風飄落松。時禽吟長澗，萬籟吹連峯。

○王徽之二首字子猷，羲之第五子。卓犖不羈，仕至黄門侍郎。○選一

散懷山水，蕭然忘羈。秀薄粲穎，疎松籠崖。遊羽扇霄，鱗躍清池。歸目寄歡，心冥二奇。

陶淵明

字元亮，入宋，名潛，潯陽柴桑人，太尉長沙公侃之曾孫。少有高趣，親老家貧，起爲州祭酒，不堪吏職，

解歸，躬耕自資。隆安中，爲鎮軍參軍。義熙元年，遷建威參軍，未幾，求爲彭澤令，在縣八十餘日，解歸。暨入宋，終身不仕。顔延年誄之，謚曰靖節徵士。○詩品曰：文體省静，殆無長語，篤意高古，辭興婉愜，每觀其文，想其人德。

○時　運四章　并序

時運，游暮春也。春服既成，景物斯和，偶影獨遊，欣慨交心。

邁邁時運，穆穆良朝。襲我春服，薄言東郊。山滌餘靄，宇曖微霄。有風自南，翼彼新苗。

洋洋平津，乃漱乃濯。邈邈遐景，載欣載矚。稱心而言，人亦易足。揮兹一觴，陶然自樂。

延目中流，悠悠清沂。童冠齊業，閒詠以歸。我愛其静，寤寐交揮。但恨殊世，邈不可追。

斯晨斯夕，言息其廬。花藥分列，林竹翳如。清琴横牀，濁酒半壺。黄唐莫逮，慨獨在予。

○命　子十章○選四

嗟予寡陋，瞻望弗及。顧慙華鬢，負影隻立。三千之罪，無後爲急。我誠念哉，呱聞爾泣。

卜云嘉日，占亦良時。名汝曰儼，字汝求思。温恭朝夕，念兹在兹。尚想孔伋，庶其企而。

厲夜生子，遽而求火。凡百有心，奚特于我？既見其生，實欲其可。人亦有言，斯情無假。

日居月諸，漸免于孩。福不虛至，禍亦易來。夙興夜寐，願爾斯才。爾之不才，亦已焉哉！

○酬劉柴桑

窮居寡人用，時忘四運周。櫚庭多落葉，慨然知已秋。新葵鬱北牖，嘉穟養南疇。今我不爲樂，知有來歲不？命室攜童弱，良日登遠遊。

○和郭主簿二首選一

藹藹堂前林，中夏貯清陰。凱風因時來，回飈開一作「吹」。我襟。息交游閑業，卧起弄書琴。園蔬有餘滋，舊穀猶儲今。營己良有極，過足非所欽。舂秫作美酒，酒熟吾自斟。弱子戲我側，學語未成音。此事真復樂，聊用忘華簪。遥遥望白雲，懷古一何深。

○贈羊長史并序

左軍羊長史，銜使秦川，作此與之。

愚生三季後，慨然念黃虞。得知千載外，正一作「上」。賴古人書。賢聖留餘跡，事事在中都。豈忘游心目，關河不可踰。九域甫已一，逝將理舟輿。聞君當先邁，負痾不獲俱。路若經商山，爲我少躊躇。多謝綺與甪，精爽今何如？紫芝誰復採，深谷久應蕪。駟馬無貰患，貧賤有交娱。清謡結心曲，人乖運見疎。擁懷累代下，言盡意不舒。

○歲暮和張常侍

市朝悽舊人，驟驥感悲泉。明旦非今日，歲暮余何言？素顔斂光潤，白髮一已繁。濶哉秦穆談，旅力豈未愆。向夕長風起，寒雲没西山。厲厲氣遂嚴，紛紛飛鳥還。民生鮮常在，矧伊愁苦纏。屢闕清酤至，無以樂當年。窮通靡攸慮，顦顇由化遷。撫己有深懷，履運增慨然。

○和胡西曹示顧賊曹

蕤賓五月中，清朝起南颸。不駛亦不遲，飄飄吹我衣。重雲蔽白日，閑雨紛微微。流目視西園，曄曄榮紫葵。於今甚可愛，奈何當復衰。感物願及時，每恨靡所揮。悠悠待秋稼，寥落將賒遲。逸想不可淹，倡狂獨長悲。

○辛丑歲七月赴假還江陵夜行塗口作

閑居三十載，遂與塵事冥。詩書敦宿好，林園無俗情。如何捨此去，遥遥至南一作「西」。

荆。叩栧新秋月，臨流别友生。凉風起將夕，夜景湛虚明。昭昭天宇濶，皛皛川上平。懷役不遑寐，中宵尚孤征。商歌非吾事，依依在耦耕。投冠旋舊墟，不爲好爵縈。一作「榮」。養真衡茅下，庶以善自名。

○詠二疏

去病曰：二疏爲元亮所咏始得。貪鄙無藝，巧爲高興之言，葷口念經，罪過多矣。

大象轉四時，功成者自去。借問衰周來，幾人得其趣？游目漢廷中，二疏復此舉。高嘯返舊居，長揖儲君傅。餞送傾皇朝，華軒盈道路。離别情所悲，餘榮何足顧？事勝感行人，賢哉豈常譽？厭厭閭里歡，所營非近務。促席延故老，揮觴道平素。問金終寄心，清言曉未悟。放意樂餘年，遑恤身後慮？誰云其人亡，久而道彌著。

○○桃花源詩并記

去病曰：桃華源三快，捕魚人一快，作詩、記時一快，讀記人又一快。終不若桃源中人不知有快耳。

晋太元中，武陵人捕魚爲業。緣溪行，忘路之遠近。忽逢桃花林，夾岸數百步，中無雜樹，芳草鮮美，落英繽紛。漁人甚異之，復前行，欲窮其林。林盡水源，便得一山。山有小口，髣髴若有光。便捨船，從口入。初極狹，纔通人，復行數十步，豁然開朗。土地平曠，屋舍儼然，有良田美池桑竹之屬。阡陌交通，雞犬相聞。其中往來種作，男女衣著，悉如外人。黄髮垂髫，並怡然自樂。去病曰：此則外人不如。見漁人，乃大驚，問所從來，具答之。便要還家，設酒殺雞作食。村中聞有此人，咸來問訊。自云先世避秦時亂，率妻子邑人來此絶境，不復出焉，遂與外人間隔。問今是何世，乃不知有漢，無論魏、晉。此人一一爲具言所聞，皆歎惋。餘人各復延至其家，皆出酒食。停數日，辭去。此中人語云：「不足爲外人道也。」既出，得其船，便扶向路，處處誌之。及郡下，詣太守，説如此。太守即遣人隨其往，尋向所誌，遂迷，不復得路。南陽劉子驥，高尚士也，聞之，欣然親往，未果，尋病終。後遂無問津者。

嬴氏亂天紀，賢者避其世。黄綺之商山，伊人亦云逝。往迹浸復湮，來逕遂蕪廢。相命肆[一三]農耕，日入從所憩。桑竹垂餘蔭，菽稷隨時藝。春蠶收長絲，秋熟靡王税。荒路曖交通，雞犬互鳴吠。俎豆猶古法，衣裳無新製。童孺縱行歌，斑白歡游詣。草榮識節和，木衰知風厲。雖無紀曆誌，四時自成歲。怡然有餘樂，于何勞智慧？奇蹤隱五百，一朝敞神界。淳薄既異源，旋復還幽蔽。借問游方士，焉測塵囂外？願言躡輕風，高舉尋吾契。

〇〇歸園田居[一四] 五首

少無適俗韻，性本愛丘山。誤落塵網中，一去三十年。羈鳥戀舊林，池魚思故淵。開荒南野際，守拙歸園田。方宅十餘畝，草屋八九間。榆柳蔭後園，桃李羅堂前。曖曖遠人村，依依墟里煙。狗吠深巷中，雞鳴桑樹顛。户庭無塵雜，虚室有餘閑。久在樊籠裏，復得返自然。

去病曰：大解脱。

野外罕人事，窮巷寡輪鞅。白日掩荆扉，虚室絶塵想。時復墟曲中，披草共來往。相見無雜言，但道桑麻長。桑麻日已長，我土日已廣。常恐霜霰至，零落同草莽。

種豆南山下，草盛豆苗稀。晨興理荒穢，帶月荷鋤歸。道狹草木長，夕露沾我衣。衣沾不足惜，但使願無違。

久去山澤游，浪莽林野娱。試携子姪輩，披榛步荒墟。徘徊丘壟間，依依昔人居。井竈有遺處，桑竹殘朽株。借問採薪者，此人皆焉如？薪者向我言，死没無復餘。一世異朝市，此語真不虚。人生似幻化，終當歸空無。

悵恨獨策還，崎嶇歷榛曲。山澗清且淺，遇以濯吾足。漉我新熟酒，隻雞招近局。一作

「屬」。日入室中闇，荆薪代明燭。懽來苦夕短，已復至天旭。

○乞　食

饑來驅我去，不知竟何之。行行至斯里，叩門拙言辭。主人解予意，遺贈副虚期。一作「豈虚來」。談話終日夕，觴至輒傾巵。情欣新知懽，言詠遂賦詩。感子漂母惠，愧我非韓才。銜戢知何謝，冥報以相貽。

鍾伯敬曰：偏有此等事，以爲陶詩題面之光。〔一五〕

○連雨獨飲

運生會歸盡，終古謂之然。世間有松喬，於今定何聞？故老贈余酒，乃言飲得仙。試酌百情遠，重觴忽忘天。天豈去此哉，一作「天際去此幾」。任真無所先。雲鶴有奇翼，八表須臾還。顧我抱兹獨，僶俛四十年。形骸久已化，心在復何言？

○移居二首

昔欲居南村，非爲卜其宅。聞多素心人，樂與數晨夕。懷此頗有年，今日從兹役。弊廬何必廣，取足蔽牀席。鄰曲時時來，抗言談在昔。奇文共欣賞，疑義相與析。

春秋多佳日，登高賦新詩。過門更相呼，有酒斟酌之。農務各自歸，閑暇輒相思。相思則披衣，言笑無厭時。此理將不勝，無爲忽去兹。衣食當須紀，力耕不吾欺。

○癸卯歲始春懷古田舍二首

在昔聞南畝，當年竟未踐。屢空既有人，春興豈自免。夙晨裝吾駕，啓塗情已緬。鳥弄懽新節，泠風送餘善。寒竹被荒蹊，地爲罕人遠。是以植杖翁，悠然不復返。即理愧通識，所保詎乃淺。

先師有遺訓，憂道不憂貧。瞻望邈難逮，轉欲志一作「忘」。常勤。秉耒懽時務，解顏勸農人。平疇交遠風，良苗亦懷新。雖未量歲功，即事多所欣。耕種有時息，行者無問津。日入相與歸，壺漿勞近鄰。長吟掩柴門，聊爲隴畝民。

去病曰：吾愛陶詩，往往致足解頤，故知世上無没趣高人。

○庚戌歲九月中於西田穫早稻

人生歸有道，衣食固其端。孰是一作「云」。都不營，而以求自安。開春理常業，歲功聊可觀。晨出肆微勤，日入負耒一作「禾」。還。山中饒霜露，風氣亦先寒。田家豈不苦，弗獲辭此難。四體誠乃疲，庶無異患干。盥濯息簷下，斗酒散襟顏。遥遥沮溺心，千載乃相關。但願長如此，躬耕非所嘆。

飲酒二十首并序〇選十一

余閑居寡歡，兼比〔一六〕夜已長，偶有名酒，無夕不飲，顧影獨盡，忽焉復醉。既醉之後，輒題數句自娱，紙墨遂多，辭無詮次，聊命故人書之，以爲歡笑爾。

○衰榮無定在，彼此更共之。邵生瓜田中，寧似東陵時？寒暑有代謝，人道每如兹。達人解其會，一作「趣」。逝將不復疑。忽與一觴酒，日夕懽相持。

○積善云有報，夷叔在西山。善惡苟不應，何事立空言？九十行帶索，饑寒況當年。不賴固窮節，百世當誰傳？

○道喪向千載，人人惜其情。有酒不肯飲，但顧一作「願」。世間名。所以貴我身，豈不在一生？一生能復幾，倏如流電驚。鼎鼎百年内，持此欲何成？

去病曰：真解脱，大解脱。

○○栖栖失群鳥，日暮猶獨飛。徘徊無定止，夜夜聲轉悲。厲響思清遠，去來何依依。自值孤生松，斂翮遥來歸。勁風無榮木，此蔭獨不衰。托身已得所，千載不相違。

去病曰：兹以寓言自喻。

〇〇結廬在人境，而無車馬喧。問君何能爾，心遠地自偏。采菊東籬下，悠然見南山。山氣日夕佳，飛鳥相與還。此中有真意，欲辨已忘言。

去病曰：眼前好詩，失却者多矣。

〇行止千萬端，誰知非與是？是非苟相形，雷同共譽毁。去病曰：至言，古今一轍。三季多此事，達士似不爾。咄咄俗中惡，且當從黄綺。

〇〇秋菊有佳色，裛露掇其英。汎此忘憂物，遠我遺世情。一觴雖獨進，杯盡壺自傾。日入群動息，歸鳥趨林鳴。嘯傲東軒下，聊復得此生。

去病曰：至人之言，無心討好，故能得甚好。

〇在昔曾遠遊，直至東海隅。道路迥且長，風波阻中塗。此行誰使然，似爲饑所驅。傾身營一飽，少許便有餘。恐此非名計，息駕歸閑居。

去病曰：鷦鷯棲林，不過一枝；鼹鼠飲河，不過滿腹。然乎哉？

〇少年罕人事，游好在六經。行行向不惑，淹留遂無成。竟抱固窮節，饑寒飽所更。弊廬交悲風，荒草没前庭。披褐守長夜，晨雞不肯鳴。孟公不在兹，終以翳吾情。

○子雲性嗜酒，家貧無由得。時賴好事人，載醪祛所惑。觴來爲之盡，是諮無不塞。有時不肯言，豈不在伐國？仁者用其心，何嘗失顯默？

○○羲農去我久，舉世少復真。汲汲魯中叟，彌縫使其淳。鳳鳥雖不至，禮樂暫得新。洙泗輟微響，漂流逮狂秦。詩書復何罪，一朝成灰塵。區區諸老翁，爲事誠殷勤。如何絶世下，六籍無一親。終日馳車走，不見所問津。若復不快飲，空負頭上巾。但恨多謬誤，君當恕醉人。

○責　子舒儼、宣俟、雍份、端佚、通佟，凡五人，舒、宣、雍、端、通，皆小名也。

白髮被兩鬢，肌膚不復實。雖有五男兒，總不好紙筆。阿舒已二八，懶惰故無匹。阿宣行志學，而不愛文術。雍端年十三，不識六與七。通子垂九齡，但覓梨與栗。天運苟如此，且進杯中物。

擬古九首選八

○榮榮牕下蘭，密密堂前柳。初與君别時，不謂行當久。出門萬里客，中道逢嘉友。未言心先一作「相」。醉，不在接杯酒。蘭枯柳亦衰，遂令此言負。多謝諸少年，相知不忠厚。意氣傾人命，離隔復何有？

○仲春遘時雨，始雷發東隅。衆蟄各潛駭，草木縱横舒。翩翩新來燕，雙雙入我廬。先巢故尚在，相將還舊居。自從分别來，門庭日荒蕪。我心固匪石，君情定何如？

去病曰：淵明擬古，深厚則不及古人，其高音激清，自使睡者寤而醉者醒也。

○迢迢百尺樓，分明望四荒。暮作歸雲宅，朝爲飛鳥堂。山河滿目中，平原獨茫茫。古時功名士，慷慨争此場。一旦百歲後，相與還北邙。松柏爲人伐，高墳互低昂。頽基無遺主，遊魂在何方？榮華誠足貴，亦復可憐傷。

○○東方有一士，被服常不完。三旬九遇食，十年著一冠。辛苦無此比，常有好容顔。我欲觀其人，晨去越河關。青松夾路生，白雲宿簷端。知我故來意，取琴爲我彈。上絃驚别鶴，下絃操孤鸞。願留就君住，從今至歲寒。

○○蒼蒼谷中樹，冬夏常如兹。年年見霜雪，誰謂不知時？厭聞世上語，結友到臨淄。稷下多談士，指彼決吾疑。裝束既有日，已與家人辭。行行停出門，還坐更自思。不怨道里長，但畏人我欺。萬一不合意，永爲世笑之。伊懷難具道，爲君作此詩。

○○日暮天無雲，春風扇微和。佳人美清夜，達曙酣且歌。歌竟長歎息，持此感人多。皎皎一作「明明」。雲間月，灼灼葉中華。豈無一時好，不久當如何？

〇少時一作「年」。壯且厲，撫劍獨行遊。誰言行遊近，張掖至幽州。饑食首陽薇，渴飲易水流。不見相知人，惟見古時丘。路邊兩高墳，伯牙與莊周。此士難再得，吾行欲何求？

〇種桑長江邊，三年望當採。枝條始欲茂，忽值山河改。柯葉自摧折，根株浮滄海。春蠶既無食，寒衣欲誰待？本不植高原，今日復何悔？

雜詩十二首選六

〇人生無根蒂，飄如陌上塵。分散逐風轉，此已非常身。落地爲兄弟，何必骨肉親？得懽當作樂，斗酒聚比鄰。盛年不重來，一日難再晨。及時當勉勵，歲月不待人。

去病曰：真解脱。隨人鼻息者，切弗以老、莊而寘之，老、莊之益于天下國家也至矣。

〇白日淪西河，素月出東嶺。遥遥萬里輝，蕩蕩空中景。風來入房户，夜中枕席冷。氣變悟時易，不眠知夕永。欲言無予和，揮杯勸孤影。日月擲人去，有志不獲騁。念此懷悲悽，終曉不能静。

去病曰：此豈無心度世人？且淵明之所度者寔多，便是束帶載弁人，動以公爲口寔，皆其所唾，皆其所度也。

〇榮華難久居，盛衰不可量。昔爲三春蕖，今作秋蓮房。嚴霜結野草，枯悴未遽央。日月有環周，我去不再陽。眷眷往昔時，憶此斷人腸。

○○丈夫志四海，我願不知老。親戚共一處，子孫還相保。觴絃肆朝日，罇中酒不燥。緩帶盡懽娱，起晚眠常早。孰若當世士，冰炭滿懷抱。百年歸丘壟，用此空名道。

去病曰：公之疾俗爲已至矣，「我願」，「願」字管下文六句，皆其所願也。

○日月不肯遲，四時相催迫。寒風拂枯條，落葉掩長陌。弱質與運頽，玄鬢早已白。素標插人頭，前途漸就窄。家爲逆旅舍，我如當去客。去去欲何之，南山有舊宅。

去病曰：識見老到，不是曠達。

嫋嫋松標崖，婉孌柔童子。年始三五間，喬柯何可倚？養色含精氣，粲然有心理。

讀山海經十三首選四

○○孟夏草木長，遶屋樹扶疎。衆鳥欣有託，吾亦愛吾廬。既耕亦已種，時還讀我書。窮巷隔深轍，頗迴故人車。歡言一作「然」。酌春酒，摘我園中蔬。微雨從東來，好風與之俱。汎覽周王傳，流觀山海圖。俯仰終宇宙，不樂復何如？

○丹木生何許，迺在峚音密。山陽。黄花復朱實，食之壽命長。白玉凝素液，瑾瑜發奇光。豈伊君子寶，見重我軒黄。

○翩翩三青鳥，毛色奇可憐。朝爲王母使，暮歸三危山。我欲因此鳥，具向王母言。在世無所須，惟酒與長年。

逍遥蕪皋上，杳然望扶木。洪柯百萬尋，森散覆暘谷。靈人侍丹池，朝朝爲日浴。神景一登天，何幽不見燭？

○擬挽歌辭三首

有生必有死，早終非命促。昨暮同爲人，今旦在鬼録。魂氣散何之，枯形寄空木。嬌兒索父啼，良友撫我哭。得失不復知，是非安能覺？千秋萬歲後，誰知榮與辱？但恨在世時，飲酒不得足。

○在昔無酒飲，今但湛空觴。春醪生浮蟻，何時更能嘗？肴案盈我前，親舊哭我傍。欲語口無音，欲視眼無光。昔在高堂寢，今宿荒草鄉。一本有「荒草無人眠，極視正茫茫」二句。一朝一作「相送」。出門去，歸來夜未央。

○○荒草何茫茫，白楊亦蕭蕭。嚴霜九月中，送我出遠郊。四面無人居，高墳正嶕嶢。馬爲仰天鳴，風爲一作「聲」。自蕭條。幽室一已閉，千年不復朝。千年不復朝，賢達將一作「無」。奈何。向來相送人，各自一作「已」。還其家。親戚或餘悲，他人亦已歌。死去何所道，託體同山阿。

去病曰：此言哀樂之無恒，不必自爲束縛也。

○聯　句

鳴鴈乘風飛，去去當何極。念彼窮居士，如何不歎息？淵明。雖欲騰九萬，扶摇竟何力？循之。遠招王子喬，雲駕庶可飭。愔之。顧侣正徘徊，離離翔天側。霜露豈不切，務從忘愛翼。高柯濯條幹，遠眺同天色。思絶慶未看，徒使生迷惑。淵明。

去病曰：聯句無如是之脱然無迹者，亦是四句相承，易於運動耳。

桓　玄

字敬道，温之孽子也。襲爵南郡公，後都督荆、司等八州，江州刺史，矯詔加封楚王，尋篡位。劉裕等起義兵討殺之，安帝反正。

去病曰：桓玄詩殊亦矯矯。

○登荆山

理不孤湛，影比有津。曾是名岳，明秀超鄰。器栖荒外，命契響神。我之懷矣，巾駕飛輪。

○南林彈

散帶躡良駟，揮彈出長林。歸翮赴舊栖，喬木轉翔禽。落羽尋絶響，屢中轉應心。

殷仲文

字仲文，陳郡人。少有才藻，從兄仲堪薦用於會稽王道子，後從桓玄反，玄誅，仲文爲劉裕所殺。○詩品曰：晋宋之際殆無詩乎？義熙中，以謝益壽、殷仲文爲華綺之冠，殷不競矣。

○南州桓公九井作

四運雖鱗次，理化各有準。獨有清秋日，能使高興盡。景氣多明遠，風物自凄緊。爽籟驚幽律，哀壑叩虚牝。歲寒無早秀，浮榮甘夙隕。何以標貞脆，薄言寄松菌。哲匠感蕭晨，肅此塵外軫。廣筵散泛愛，逸爵紆勝引。伊余樂好仁，惑袪吝亦泯。猥首阿衡朝，將貽匈奴哂。

去病曰：詩亦凄緊。

謝　混

字叔源，小字益壽，陳郡陽夏人，太傅安之孫也。風華爲江左第一，尚孝武帝晋陵公主，官至中領軍、尚書左僕射，以與劉毅善，坐誅。

○遊西池

悟彼蟋蟀唱，信此勞者歌。有來豈不疾，良遊常蹉跎。逍遥越城肆，願言屢經過。迴阡被陵闕，高臺眺飛霞。惠風蕩繁囿，白雲屯曾阿。景昃鳴禽集，水木湛清華。褰裳順蘭沚，徙倚引芳柯。美人愆歲月，遲暮獨如何？無爲牽所思，南榮戒其多。

去病曰：詩非不佳，特以敦琢爲長。運會之感，豈知其故？由古訖今，如輕刀之下溜；自今追古，如老驥之陟岡。

湛方生

○廬山神仙詩

序曰：尋陽有廬山者，盤基彭蠡之西。其崇標峻極，辰光隔輝，幽澗澄深，積清百仞。若乃絶阻重險，非人跡之所遊；窈窕冲深，常含霞而貯氣。真可謂神明之區域，列真之苑囿矣。太元十一年，有樵採其陽者，于時鮮霞褰林，傾暉映岫。見一沙門，披法服獨在巖中。俄頃振裳揮錫，凌崖直上，排丹霄而輕舉，起九折而一指。既白雲之可乘，何帝鄉之足遠哉？窮目蒼蒼，翳然滅跡。詩曰：

吸風玄圃，飲露丹霄。室宅五岳，賓友松喬。

○後齋詩

解纓復褐，辭朝歸藪。門不容軒，宅不盈畝。茂草籠庭，滋蘭拂牖。撫我子姪，携我親友。茹彼園蔬，飲此春酒。開櫺攸瞻，坐對川阜。心焉孰託，託心非有。素構易抱，玄根難朽。即之非遠，可以長久。

○帆入南湖

彭蠡紀三江，廬岳主衆阜。白沙凈川路，青松蔚巖首。此水何時流，此山何時有？人運互推遷，茲器獨長久。悠悠宇宙中，古今迭先後。

○天晴詩

屏翳寢神轡，飛廉收靈扇。青天瑩如鏡，凝津平初學作「奕」。如研。落帆脩江渚，初學作「湄」。悠悠極長眄。清氣朗山壑，千里遥相見。

去病曰：骨理輳密，虛遠之神少矣。此種唐人所可學。

張駿

字公庭，西涼牧張寔之世子。幼而奇偉，十歲能屬文，後嗣位大都督、大將軍、涼州牧、西平公。

○東門行 選詩外編作「遊春詩」。

勾芒御春正，衡紀運玉瓊。明庶起祥風，和氣翕來征。慶雲蔭八極，甘雨潤四垧。昊天降靈澤，朝日耀華精。嘉苗布原野，百卉敷時榮。鳩鵲與鶯黄，間關相和鳴。菉萍一作「芙蓉」。覆靈沼，香花揚芳馨。春遊誠可樂，感此白日傾。休否有終極，落葉思本莖。臨川悲逝者，節變動中情。

馬岌

○○題宋纖石壁詩

晉書曰：宋纖，字令艾，敦煌人也。隱居酒泉南山，不應辟命。酒泉太守馬岌造焉，纖距而不見。岌歎曰：「名可聞而身不可見，德可仰而形不可覩。今而後知先生人中之龍也。」銘詩于石壁曰。

丹崖百丈，青壁萬尋。奇木蓊鬱，蔚若鄧林。其人如玉，維國之琛。室邇人遐，實勞我心。

張祚時，太守楊宣畫纖像於閣上，出入視之，作頌曰：「爲枕何石，爲漱何流？身不可見，名不可求。」

去病曰：其人其詩，皆吾之高山景行。

支遁

字道林，本姓關氏，陳留人，或云河東林慮人。幼有神理，聰明秀徹。隱居餘杭山。年二十五出家，後入剡，於沃州小嶺立寺行道。晉哀帝即位，遣使徵請出都，止東安寺，講道行，留三載，上書辭，詔許之，乃收跡剡山，以晉太和元年終。

去病曰：支公一肚俗語，恐只宜生天，不宜成佛。〔一七〕

惠遠

鴈門樓煩人，本姓賈氏，年二十一，遇釋道安，以爲師，研求法藏，高悟冥賾。襄陽既没，振錫南遊，結宇匡廬，自年六十不復出山，年八十三而終。

○廬山東林雜詩一作「遊廬山」。

崇巖吐清氣，幽岫棲神跡。希聲奏群籟，響出山溜滴。有客獨冥遊，徑然忘所適。揮手撫雲門，靈關安足闢？流一作「留」。心叩玄扃，感至理弗隔。孰是騰九霄，不奮冲天翮。妙同趣自均，一悟超三益。

●報羅什偈一首

本端竟何從，起滅有無際。一微涉動境，成此頹山勢。惑相更相乘，觸理自生滯。去病曰：理之生滯，常多于欲。因緣雖無主，開途非一世。時無悟宗匠，誰謂握玄契？末問尚悠悠，相與期暮歲。

廬山諸道人

○遊石門詩并序

石門在精舍南十餘里，一名障山。基連大嶺，體絶衆阜，闢三泉之會，並立而開流，傾巖玄映其上，蒙形表於自然，故因以爲名。此雖廬山之一隅，實斯地之奇觀，皆傳之於舊俗，而未覩者衆。將由懸瀨險峻，人獸迹絶，逕迴曲阜，路阻行難，故罕經焉。釋法師以隆安四年仲春之月，因詠山水，遂杖錫而遊。于時交徒同趣三十餘人，咸拂衣晨征，悵然增興。雖林壑幽邃，而開途競進。雖乘危履石，並以所悦爲安。既至，則援木尋葛，歷險窮崖，猿臂相引，僅乃造極。於是擁勝倚巖，詳觀其下。始知七嶺之美，蘊奇於此。雙闕對峙其前，重巖映帶其後。巒阜周迴以爲障，崇巖四營而開宇。其中則有石臺石池，宫館之象，觸類之形，致可樂也。清泉分流而合注，渌淵鏡净於天池。文石發彩，焕若披面。檉松芳草，蔚然光目。其爲神麗，亦已備矣。斯日也，衆情奔悦，矚覽無厭。遊觀未久，而天氣屢變。霄霧塵集，則萬象隱形；流光迴照，則衆山倒影。開闔之際，狀有靈焉，而不可測也。去病曰：直搜山水之神，山水何嘗不愛知己也？乃其將登，則翔禽拂翮，鳴猿厲響。歸雲迴駕，想羽人之來儀；哀聲相和，若玄音之有寄。雖髣髴猶聞，而神以之暢；雖樂不期歡，而欣以永日。當其冲豫自得，信有味焉，而未易言也。去病曰：此上佳甚，此下蕪弱。退而尋之，夫崖谷之間，會物無主，應不以情而開興。引人致深若此，豈不以虚明朗其照，閑邃篤其情耶？並三復斯談，猶昧然未盡。俄而太陽告夕，所存已往。乃悟幽人之玄覽，達恒物之大情。其爲神趣，豈山水而已哉？於是徘徊崇嶺，流目四矚，九江如帶，丘阜成垤。因此而推，形有巨細，智亦宜然。廼喟然歎，宇宙雖遐，古今一契，靈鷲邈矣，荒途日隔，不有哲人，風跡誰存？應深悟遠，慨焉長懷，各欣一遇之同歡，感良辰之難再，情發於中，遂共詠之云爾。

超興非有本，理感興自生。忽復石門遊，奇唱發幽情。褰裳思雲駕，望崖想曾城。馳步乘長巖，不覺質有輕。矯首登靈闕，眇若凌太清。端坐運虛論，轉彼玄中經。神仙同物化，未若兩俱冥。

帛道猷

本姓馮，山陰人，居若邪山。少以篇牘著稱，性率素，好丘壑。一吟一咏，有濠上之風。

陵峯採藥觸興爲詩

連峯數千里，脩林帶平津。雲過遠山翳，風至梗荒榛。茅茨隱不見，雞鳴知有人。閒步踐其徑，處處見遺薪。始知百代下，故有上皇民。

桃葉

王獻之妾。

○答團扇歌三首選一○樂府作王金珠。

團扇復團扇，持許自障面。憔悴無復理，羞與郎相見。

謝芳姿

○團扇歌二首

古今樂録曰：團扇歌者，晉中書令王珉捉白團扇，與嫂婢謝芳姿有愛，情好甚篤。嫂箠撻婢過苦，王東亭聞而止之。芳姿素善歌，嫂令歌一曲，當赦之。應聲歌云云。珉聞更問之：「汝歌何遺？」芳姿即改云云。

白團扇，辛苦五流連，是郎眼所見。

白團扇，顦顇非昔容，羞與郎相見。

晉鼓吹曲二十二首選一

○晉書樂志曰：武帝令傅玄製鼓吹曲二十二篇，以代魏曲。

○伯益　傅玄

古黄爵行，古曲亡。古今樂録曰：伯益，言赤鳥銜書，有周以興。今聖皇受命，神雀來也。

伯益佐舜禹，職掌山與川。德侔十六相，思心入無間。樂府作「聞」。智理周萬物，下知衆鳥言。黄雀應清化，翔集何翩翩。和鳴棲庭樹，徘徊雲日間。夏桀爲無道，密網施山河。晉作「川」。酷祝振纖網，當奈黄雀何。殷湯崇天德，去其三面羅。逍遥羣飛來，鳴聲乃復和。朱雀作南宿，鳳皇統羽羣。赤烏銜書至，天命瑞周文。神雀今來遊，爲我受命君。嘉祥致天和，膏澤隆一作「降」。青雲。蘭風發芳氣，闔世同其芬。

去病曰：晉樂歌多陳腐不足觀也，獨伯益篇古法變换，有樂府之遺音。

晉宣武舞歌四首選一

○晉書樂志曰：魏黄初三年，改漢巴渝舞曰昭武舞。景初元年，又作武始、咸熙、章斌三舞，皆執羽籥。及晉，改昭武舞曰宣武舞，羽籥舞曰宣文舞。咸寧元年，詔廟樂停宣武、宣文二舞，而同用正德、大豫舞云。

○軍鎮篇　弩俞第三　傳玄

弩爲遠兵，軍之鎮，其發有機。體難動，往必速，重而不遲。鋭精分鏄，射遠中微。弩俞之樂一何奇。變多姿，退若激，進若飛。五聲協，八音諧。宣武象，贊天威。

拂舞歌詩三首無名氏

晉書樂志曰：拂舞出自江左，舊云吴舞也。晉曲五篇，一曰白鳩，二曰濟濟，三曰獨漉，四曰碣石，五曰淮南王。○齊多節畧舊辭，而因其曲名。碣石篇四章已見曹孟德，淮南王一首已見漢古辭，今不録也。

○白鳩篇

南齊書樂志曰：白符鳩舞，出江南，吴人所造。其歌本云「平平白符，思我君惠，集我金堂」。言白者，金行；符，合也；鳩亦合也；符、鳩雖異，其義寔同。宋書樂志曰：晉楊泓舞序云「自到江南，見白符舞，或言白鳧鳩舞」。云有此來數十年矣，察其辭旨，乃云吴人患孫皓虐政，思屬晉也。晉辭曰：「翩翩白鳩，載飛載鳴。懷我君德，來集君庭。」蓋晉人改其本歌云。

翩翩白鳩，載飛載鳴。懷我君德，來集君庭。白雀呈瑞，素羽明鮮。翔庭舞翼，以應仁乾。交交晉書作「皎皎」。鳴鳩，或丹或黄。樂我君惠，振羽來翔。東壁餘光，魚在江湖。惠而不費，敬我微軀。策我良駟，習我驅馳。與君周旋，樂道亡餘。晉書作「忘饑」。我心虚静，我志霑濡。彈琴鼓瑟，聊以自娱。凌雲登臺，浮游太清。扳龍附鳳，目晉書作「自」，宋書作「日」。望身輕。

○○獨漉篇

獨漉一作「獨禄」。南齊書樂志曰：古辭明君曲後云：「勇安樂，無慈不問清與濁。清與無時濁，邪交與獨禄。」伎録曰：「求禄求禄，清白不濁。清白尚可，貪汙殺我。」晉歌爲「鹿」字，古通用也。疑是風刺之辭。

獨漉獨漉，晉書作「獨獨禄禄」。水深泥濁。泥濁尚可，水深殺我。雍雍雙鴈，遊戲田畔。我欲射鴈，念子孤散。翩翩浮萍，得風摇宋書作「遥」。輕。我心何合，與之同并。空牀低帷，誰知無人？夜衣錦繡，誰別僞真？刀鳴削中，倚牀無施。父冤不報，欲活何爲？猛虎斑斑，遊戲山間。虎欲齧人，不避豪賢。

去病曰：詩之有樂府，如山水之趣，合離續斷，不得其故，而且或遇之而生悲，或顧之而爲樂。樂與悲，唯人所造，而不知山水之無情也。樂府之妙，洸瀁變恣，能使人各一説，彼以彼爲然，此亦以此爲是。是非唯人所爲，而不知樂府之無正説也。此樂府之三昧，予所不能言，而偶於獨漉篇發之，何也？獨漉者，盡善盡美，樂府之關中也。欲得天下，則必於關中。欲攻樂府，則必于獨漉。如今詩伯手段，誰爲劉、項者？予將共被抵足，言所未盡也可。

○○濟濟篇

暢飛暢舞晉書作「暢暢飛舞」。氣流芳，追念三五大綺黄。去失有，時可行，去來同時晉作「去來時同」。此未央。時冉冉，近桑榆，但當飲酒爲歡娱。衰老逝，有何期，晉作「何有期」。多憂耿耿内懷思。淵池廣，晉作「曠」。魚獨希，願得黄浦衆所依。恩感人，世無比，悲歌且舞無極已。

○○晉白紵舞歌詩三首

宋書樂志曰：白紵舞，按舞辭有「巾袍」之言，紵本吴地所出，宜是吴舞也。晉俳歌云「皎皎白緒，節節爲雙」，吴音呼「緒」爲「紵」，疑「白緒」即「白紵」也。南齊書樂志曰：白紵歌，周處風土記云：「吴黄龍中童謡云『行白者君追汝句驪馬』。後孫權征公孫淵，浮海乘舶，舶，白也。今歌和聲猶云『行白紵』焉。」樂府解題曰：古詞盛稱舞者之美，宜及芳時爲樂。其譽白紵曰：「質如輕雲色如銀，製以爲袍餘作巾，袍以光軀巾拂塵。」唐書樂志曰：梁武帝令沈約效其辭，爲四時白紵歌。今中原有白紵曲，辭旨與此全殊。

輕軀徐起何洋洋，高舉兩手白鵠翔。宛若龍轉乍低昂，凝停善睞容儀光。如推若引留且行，隨世而變誠無方。舞以盡神安可忘，晋世方昌樂未央。質如輕雲色如銀，愛之遺誰贈佳人。制以爲袍餘作巾，袍以光軀巾拂塵。麗服在御會佳賓，醪醴盈樽美且淳。清歌徐舞降祇神，四座歡樂胡可陳。

雙袂齊舉鸞鳳翔，羅裙飄飄昭儀光。趨步生姿進流芳，鳴弦清歌及三陽。人生世間如電過，樂時每少苦日多。幸及良辰耀春華，齊倡獻舞趙女歌。羲和馳景逝不停，春露未晞嚴霜零。百草凋索花落英，蟋蟀吟牖寒蟬鳴。百年之命忽若傾，早知迅速秉燭行。東造扶桑遊紫庭，西至崑崙戲曾城。

陽春白日風花香，趨步明玉舞瑶璫。聲發金石媚笙簧，羅袿徐轉紅袖揚。清歌流響繞鳳梁，如矜若思凝且翔。轉盻遺精豔輝光，將流將引雙鴈行。歡來何晚意何長，明君御世永歌昌。

○晉杯槃舞歌詩

宋書樂志曰：槃舞，漢曲也。張衡舞賦云「歷七槃而縱躡」，王粲七釋云「七槃陳于廣庭」，顏延之云「遞間關于槃扇」，鮑照云「七槃起長袖」，皆以七槃爲舞也。搜神記云：「晉太康中，天下爲晉世寧舞，矜手以接杯槃而反覆之。」此則漢世唯有柈舞，而晉加之以杯反覆也。五行志曰：其歌云「晉世寧，舞杯槃」，言接杯槃于手上而反覆之，至危也。杯槃者，酒食之器也，而名曰「晉世寧」者，言晉世之士，苟偷于酒食之間，而知不及遠，晉世之寧，猶杯槃之在手也。唐書樂志曰：漢有槃舞，晉世謂之「杯槃舞」，樂府詩云「妍袖陵七槃」，言舞用槃七枚也。

晉世寧，四海平，普天安樂永大寧。四海安，天下歡，樂治興隆舞杯槃。舞杯槃，何翩翩，舉坐翻覆壽萬年。天與日，終與一，左回右轉不相失。筝笛悲，酒舞疲，心中慷慨可健兒。樽酒甘，絲竹清，願令諸君醉復醒。醉復醒，時合同，四座歡樂皆言工。絲竹音，可不聽，亦舞此槃左右輕。自相當，合坐歡樂人命長。人命長，當結友，千秋萬歲皆老壽。

吴聲歌曲

○子夜歌四十二首晉、宋、齊辭。○選十三

唐書樂志曰：子夜歌者，晉曲也。晉有女子名子夜造此聲，聲過哀苦。樂府解題曰：後人更爲四時行樂

之詞，謂之子夜四時歌，又有大子夜歌、子夜警歌、子夜變歌，皆曲之變也。

落日出前門，瞻矚見子度。冶容多姿鬢，芳香已盈路。

芳是香所爲，冶容不敢當。天不奪人願，故使儂見郎。

宿昔不梳頭，絲髮被兩肩。婉伸郎膝下，何處不可憐？

去病曰：若是李白之祖。

見娘善一作「喜」。容媚，願得結金蘭。空織無經緯，求匹理自難。

始欲識郎時，兩心望如一。理絲入殘機，何悟不成匹？

今日已歡別，合會在何時？明燈照空局，悠然未有期。

去病曰：「期」通作「棋」，蓋以棋喻期也。

高山種芙蓉，復經黄檗塢。果得一蓮時，流離嬰辛苦。

年少當及時，蹉跎日就老。若不信儂語，但看霜下草。

擥裙未結帶，約眉出前窗。羅裳易飄颺，小開罵春風。

歡從何處來，端然有憂色。三喚不一應，有何比松柏？

我念歡的的，子行由豫情。霧露隱芙蓉，見蓮不分明。

儂作北辰星，千年無轉移。歡行白日心，朝東暮還西。

恃愛如欲進，含羞未肯前。朱口發豔歌，玉指弄嬌弦。亦見子夜警歌。

去病曰：竟是唐絕句，滔滔日下，灩澦堆安在也？

子夜四時歌七十五首晉、宋、齊辭。○選十八

○春歌二十首選五

杜鵑竹裏鳴，梅花落滿道。燕女遊春月，羅裳曳芳草。

春林花多媚，春鳥意多哀。春風復多情，吹我羅裳開。

昔別鴈集渚，今還燕巢梁。敢辭歲月久，但使逢春陽。

春園花就黃，陽池水方淥。酌酒初滿杯，調絃始成曲。

明月照桂林，玉集作「朝日照北林」。初花錦繡色。誰能不相思，獨在機中織。

○夏歌二十首選二

含桃已中食，郎贈合歡扇。深感同心意，蘭室期相見。

春桃初發紅，惜色恐儂擿。朱夏花落去，誰復相尋覓？

○秋歌十八首選六

開窗秋月光，滅燭解羅裳。含笑帷幌裏，舉體蘭蕙香。

涼風開窗寢，斜月垂光照。中宵無人語，羅幌有雙笑。

秋愛兩兩鴈，春感雙雙燕。蘭鷹接野雞，雉落誰當見？

仰頭看桐樹，桐花特可憐。願天無霜雪，梧子解千年。

去病曰：作唐詩看。

白露朝夕生，秋風淒長夜。憶郎須寒服，乘月擣白素。

秋風入窗裏，羅帳起飄颺。仰頭看明月，寄情千里光。

○冬歌十七首選五

塗澀無人行，冒寒往相覓。若不信儂時，但看雪上跡。

冬林葉落盡，逢春已復曜。葵藿生谷底，傾心不蒙照。

朔風灑霰雨，綠池蓮水結。願歡攘皓腕，共弄初落雪。

白雪停陰岡，丹華耀陽林。何必絲與竹，山水有清音。

未嘗經辛苦，無故彊相矜。欲知千里寒，但看井水冰。

○黃鵠歌四首選二

列女傳曰：魯陶嬰者，魯陶明之女也。少寡，養幼孤，無彊昆弟。魯人或聞其義，將求焉，嬰乃作歌，明己之不更二庭也。魯人聞之，不敢復求。按黃鵠本漢横吹曲名。

黃鵠參天飛，半道鬱徘徊。腹中車輪轉，君知思憶誰？

黃鵠參天飛，半道還哀鳴。三年失羣侣，生離傷人情。

○桃葉歌三首左云古辭。○選一

古今樂録曰：桃葉歌者，晋王子敬之所作也。桃葉，子敬妾名，緣于篤愛，所以歌之。彤管新編作「桃葉」。

桃葉映紅花，無風自婀娜。春花映何限，感郎獨採我。

○長樂佳七首選二

雎鳩不集林，體潔好清流。貞節曜奇世，長樂戲汀洲。

紅羅複斗帳，四角垂珠璫。玉枕龍鬚席，郎眠何處牀？

○嬌女詩二曲。○選一

蹀躞越橋上，河水東西流。上有神仙一作「仙聖」。居，下有西流魚。行不獨自去，三三兩兩俱。

○○白石郎曲二曲

白石郎，臨江居，前導江伯後從魚。

積石如玉，列松如翠。郎豔獨絶，世無其二。

去病曰：九歌之意，甚好。

○青溪小姑曲

按干寶搜神記曰：廣陵蔣子文，嘗爲秣陵尉，因擊賊傷而死。吴孫權時，封中都侯，立廟鍾山。異苑曰：青溪小姑，蔣侯第三妹也。

開門白水，側近橋梁。小姑所居，獨處無郎。

○姑恩曲二曲。○選一

明姑遵八風，蕃謁雲日中。前導陸離獸，後從朱鳥麟鳳凰。

○採蓮童曲二曲。○選一

泛舟採菱葉，過摘芙蓉花。扣檝命童侣，齊聲採蓮歌。

○○明下童曲二曲。○選一

走馬上前阪，石子彈馬蹄。不惜彈馬蹄，但惜馬上兒。

去病曰：歌謡近古，好甚。

西曲歌

○三洲歌三曲

唐書樂志曰：三洲，商人歌也。古今樂録曰：三洲歌者，商客數遊巴陵三江口往還，因共作此歌。其舊辭云「啼將别共來」。梁武帝問法雲：「聞法師善解音律，此歌何如？」法雲曰：「應歡會而有别離，『啼將别』可改爲『歡將樂』。」故其歌和云：「三洲斷江口，水從窈窕河傍流。歡將樂共來，長相思。」

送歡板橋灣，相待三山頭。遥見千幅帆，知是逐風流。

風流不暫停，三山隱行舟。願作比目魚，隨歡千里遊。

湘東醽醁酒，廣州龍頭鐺。玉樽金鏤椀，與郎雙杯行。

○採桑度七曲。○選二

采桑度，一曰採桑。唐書樂志曰：採桑因三洲曲而生，此聲苑也。採桑度，梁時作。水經曰：河水過屈縣西南爲採桑津，春秋僖公八年「晋里克敗狄於採桑」是也。按古今樂録曰：採桑度，舊舞十六人，梁八人，即非梁時作矣。

蠶生春三月，春桑正含緑。女兒採春桑，歌吹當春曲。

冶遊採桑女，盡有芳春色。姿容應春媚，粉黛不加飾。

去病曰：本色好。

○江陵樂四曲。○選一

古今樂録曰：江陵樂，舊舞十六人，梁八人。

陽春二三月，相將蹋百草。逢人駐步看，揚聲皆言好。

○青陽度三曲。○選二

古今樂録曰：青陽度，倚歌。凡倚歌悉用鈴鼓，無弦，有吹。

隱機倚不織，尋得爛熳絲。成匹郎莫斷，憶儂經絞時。

碧玉擣衣砧，七寶金蓮杵。高舉徐徐下，輕擣只爲汝。

○○安東平五曲

古今樂録曰：安東平，舊舞十六人，梁八人。

凄凄烈烈，北風爲雪。船道不通，步道斷絶。

吴中細布，闊幅長度。我有一端，與郎作袴。

微物雖輕，拙手所作。餘有三丈，爲郎别厝。

制爲輕巾，以奉故人。不持作好，與郎拭塵。

東平劉生，復感人情。與郎相知，當解千齡。

去病曰：洵古樂府也，好甚，當作一章讀。

○○女兒子二曲

古今樂録曰：女兒子，倚歌也。

巴東三峽猿鳴悲，夜鳴三聲淚沾衣。

我欲上蜀蜀水難，蹋蹀珂頭腰環環。

○來　羅四曲。○選三

古今樂録曰：倚歌也。

鬱金黄花標，下有同心草。草生日已長，人生日就老。

君子防未然，莫近嫌疑間。瓜田不躡履，李下不正冠。

白頭不忍死，心愁皆敖然。遊戲泰始世，一日當千年。

○那呵灘六曲。○選二

古今樂録曰：那呵灘，舊舞十六人，梁八人。其和云「郎去何當還」，多叙江陵及揚州事。那呵，蓋灘名也。

我去只如還，終不在道邊。我若在道邊，良信寄書還。

聞歡下揚州，相送江津彎。願得篙櫓折，交郎到頭還。

○孟　珠二曲

一曰丹陽孟珠歌。古今樂録曰：孟珠十曲，二曲倚歌，八曲舊舞十六人，梁八人。

人言孟珠富，信實金滿堂。去病曰：用「金滿堂」字不俗，好。龍頭銜九花，玉釵明月璫。

陽春二三月，草與水同色。攀條摘香花，言是歡氣息。

○同　前八曲。○選一

陽春二三月，草與水同色。道逢遊冶郎，恨不早相識。

○雙行纏二曲

朱絲繫腕繩，真如白雪凝。非但我言好，衆情共所稱。

新羅繡行纏，足趺如春妍。他人不言好，獨我知可憐。

去病曰：生綁人上法場，亦好。

○黄　督二曲。○選一

喬客他鄉人，三春不得歸。願看楊柳樹，已復藏班雛。

○白附鳩

石頭龍尾彎，新亭送客渚。酤酒不取錢，郎能飲幾許？

去病曰：酤酒不取錢，不飲復何爲？

○作蠶絲四曲。○選二

柔桑感陽風，阿娜嬰蘭婦。垂條付緑葉，委體看女手。

春蠶不應老，晝夜常懷絲。何惜微軀盡，纏綿自有時。

襍曲歌辭

○西洲曲

樂府作古辭，玉臺新詠〔一八〕作江淹，非也。

憶梅下西洲，折梅寄江北。單衫杏子紅，雙鬢鴉雛色。西洲在何處，兩槳橋頭渡。日暮伯勞飛，風吹烏臼樹。樹下即門前，門中露翠鈿。開門郎不至，出門採紅蓮。採蓮南塘秋，蓮花過人頭。低頭弄蓮子，蓮子青如水。置蓮懷袖中，蓮心徹底紅。憶郎郎不至，仰首望飛鴻。鴻飛滿西洲，望郎上青樓。樓高望不見，盡日欄干頭。欄干十二曲，垂手明如玉。卷簾天自高，海水摇空緑。海水夢悠悠，君愁我亦愁。南風知我意，吹夢到西洲。

去病曰：流麗盡處，樂而爲淫，存心風雅者，不可不持孔子删詩之意。

○長干曲

逆浪故相邀，菱舟不怕摇。妾家楊子住，便弄廣陵潮。

○東飛伯勞歌英華作「梁武帝」。

東飛伯勞西飛燕，黄姑織女時相見。誰家兒女對門居，開顔發豔照里閭。南牕北牖桂月光，羅帷綺帳脂粉香。女兒年幾十五六，窈窕無雙顔如玉。三春已暮花從風，空留可憐誰與同？藝文作「桂明」。

○樂　辭

祝穆曰：「窮袴」，襦也，蓋漢人語。吴競編此辭在十九首後。

繡幙圍香風，耳節朱絲桐。不知理何事，淺立經營中。愛惜加窮袴，防閑託守宫。今日牛羊上丘隴，當年近前面發紅。

○褋　詩

玉釵色未分，衫輕似露腕。舉袖欲障羞，迴持理髮亂。

去病曰：尚是古豔。

○襄陽兒童歌

晉書曰：山簡，字季倫，永嘉初爲南征將軍，出鎮襄陽。于時四方寇亂，朝野危懼。簡優游卒歲，惟酒是耽。諸習氏者，荆土豪族，有佳園池。簡每出嬉遊，多之池上，置酒輒醉，名之曰「高陽池」。時有兒童歌曰。

山公出何許，往至高陽池。日夕倒載歸，酩酊無所知。時時能騎馬，倒著白接䍦。去病曰：「䍦」，當作「羅」。舉鞭向葛彊，何如并州兒。彊家在并州，簡愛將也。

○苻堅時長安歌

晉書載紀曰：苻堅既滅燕，慕容沖姊，僞清河公主，年十四，有殊色，堅納之，寵冠後庭。沖年十二，亦有龍陽之姿，堅又幸之。姊弟專寵，宮人莫進，長安歌之，咸懼爲亂。王猛切諫，堅乃出沖，後竟爲沖所敗。

一雌復一雄，雙飛入紫宮。

○淫豫歌以下世代莫詳

古今樂録曰：晉、宋以後有滛預歌。酈道元水經注曰：白帝山城水門之西，江中有孤石，名淫豫石，水冬出二十餘丈，夏則没，亦有裁出焉。江水東逕廣溪峽，乃三峽之首也。峽中有瞿塘、黄龕二灘，夏水回復，沿泝所忌。國史補曰：蜀之三峽，最號峻急。四月五月尤險，故行者歌之。「淫」或作「灔」，「預」或作「豫」。

灔預大如馬，瞿塘不可下。

灔預大如牛，瞿塘不可流。

去病曰：參觀三首，可察險阸，而詞亦愈古。

○同　前

滛預大如馬，瞿唐不可下。滛預大如象，瞿唐不可上。

灔澦大如襆，瞿唐不可觸。金沙浮轉多，桂浦忌經過。

升菴詩話曰：此舟人商估刺水行舟之歌，樂府以爲梁簡文所作，非也。蜀江有瞿唐之患，桂江有桂浦之險，故涉瞿唐者則準灔澦〔一九〕，涉桂浦者則準金沙。今樂府「桂浦」作「桂楫」，非也。

○○巴東三峽歌二首

酈道元水經注曰：巴東三峽，謂廣溪峽、巫峽、西陵峽。三峽七百里中，兩岸連山，略無闕處，重巖疊嶂，隱蔽天日，非亭午夜分，不見日月。宜都山川記曰：自黄牛灘東入西陵界，至峽口一百許里，山水紆曲，林木高茂。猿鳴至清，山谷傳響，泠泠不絶。行者聞之，莫不懷土，故漁者歌曰。

巴東三峽巫峽長，猿鳴三聲淚沾裳。

巴東三峽猿鳴悲，猿鳴三聲淚沾衣。古今樂録作「女兒子」，見前。

去病曰：復唱一過，音響鏗然，此國風一詠三嘆之理。

○○三峽謡

水經注曰：峽中有灘，名曰黄牛灘。南岸重嶺疊起，最外高崖間有色如人負刀牽牛，人黑牛黄，成就分明。既人迹所絶，莫得究焉。此嵓既高，加江湍紆迴，雖途逕信宿，猶望見此物，故行者謡云云。言水路行深，迴望如一矣。

朝見黄牛，暮見黄牛。三朝三暮，黄牛如故。

○僰道謡

益州記曰：瀘水源出曲、羅兩峯，有殺氣，暑月舊不行，故武侯以夏渡爲艱。瀘水又下合諸水，而總其目焉，故有瀘江之名矣。自朱提至僰道有水步道，有黑水、羊官水，至嶮難。三津之阻，行者苦之，故俗爲之語曰：

猶溪赤水，盤蛇七曲。盤羊烏櫳，氣與天通。

〇三秦記民謠〔二〇〕

武功太白，去天三百。孤雲兩角，去天一握。山水險阻，黄金子午。蛇盤烏櫳，勢與天通。

校勘記

〔一〕「朝」，底本作「朋」，據文義改。

〔二〕「書詩」，底本作「詩書」，據韻改。

〔三〕「桓桓」，底本作「栢栢」，據文選改。

〔四〕「慕」，底本作「暮」，據文義改。

〔五〕「止」，玉臺新詠作「心」。又，「荼菽」，玉臺新詠作「荼荈」。

〔六〕原文如此。案依全書體例，此條當繫於「蜈」字下。又，「倫」當作「蜦」。

〔七〕「羹」，底本闕，據初學記補。

〔八〕「翔」，底本作「詳」，類聚作「翔」，其義較長，因據改。
〔九〕「長」，底本闕，據文選補。
〔一〇〕「丘」，底本作「兵」，據圖書集成改。
〔一一〕「已」，底本作「以」，據藝文類聚改。
〔一二〕「嶺」，底本作「領」，據文義改。
〔一三〕「肆」，底本作「肆」，據陶集改。
〔一四〕「歸園田居」，底本作「歸田園居」，據陶集改。
〔一五〕此條上有硃批：「宜寫在題目下。」
〔一六〕「比」，底本作「此」，據陶集改。
〔一七〕「支遁」至此似當刪。
〔一八〕「詠」，底本誤作「本」。
〔一九〕「溮」，底本涉上誤作「褋」，據升庵集正。
〔二〇〕案此條以下闕，據古詩紀補。本書所引與古詩紀多合。